폴랜,

무엇을 하든
어디로 가든
우린

폴랜,

무엇을 하든
어디로 가든
우린

이우일
여행산문집

차
례

Port
land

프롤로그

나는 도시를 좋아해서 적지 않은 도시를 여행했다. 그리고 그리 많은 시간이 흐르지 않아 사람 사는 모습이란 지구 위 어느 곳에서든 별반 다를 게 없다는 걸 깨달았다.

새로 찾은 도시의 첫인상은 언제나 저마다 모양과 색깔이 달랐다. 하지만 조금이라도 익숙해지면 그 도시에서의 삶도 떠나온 곳에서의 삶과 일란성 쌍둥이처럼 닮아 있음을 알게 되었다. 한편으론 반가웠고, 다른 한편으론 아쉬웠다. 예상치 못한 장소에서 내 둥지와 닮은 곳을 찾아내 기뻤고, 같은 이유로 마음이 또 다른 새로운 곳을 향하게 되어 슬펐다. 나는 늘 '익숙한 것'이 아닌 '다른 것'을 원했다.

왜 나는 자꾸만 낯선 곳을 향해 발걸음을 옮기는 걸까. 이유가 특별히 없다면 그 자체가 바로 목적이 아닐까. 어쩌면 새로움과 낯섦을 찾아 헤매는 것이야말로 우리 삶의 목적일지 모른다.

새로운 곳, 낯선 환경. 그런 데에서 조금 오래 머물러보고 싶었다. 꽤 오래전에 비교적 장기간 머문 곳이 있다. 이집트의 작은 바닷가 마을 다합과 캐나다의 몬트리올이다. 1997년 초 몇 달은 다합에서, 여름 몇 달은 몬트리올에서 보냈다. 사실 두 곳에서의 기억 가운데 특별히 대단한 건 없다. 시간이 느릿느릿 기어가는 게 보일 정도로 난감하게 한가하고 한없이 무료한 나날이었다. 하지만 지나고 보니 그래서 그때의 시간과 장소 들이 더 소중하게 느껴지는 것 같다. 정신없이 바쁘게 살아야 할 젊은 날, 나는 별로 하는 일도 없이 그곳에서 오랜 시간을 보냈다.

이집트에선 반나절은 바닷가에 누워 책을 읽었다. 몬트리올에선 쿠폰을 끊어 일주일에 한두 번 동네에 있는 작은 극장에 갔다. 마침 '몬트리올 국제 재즈 페스티벌Festival International de Jazz de Montréal' 기간이라 공연도 구경했다. 매일매일 마시고 춤췄다. 젊은 날의 일탈이었다. 돈을 벌고 미래를 위해 준비해야 할 시간이었지만, 나는 쳇바퀴에서 빠져나와 한없이 빈둥거렸다. 지는 해를 바라보며, 주홍빛 바다 냄새를 맡았다. 발가락 사이로 모래 알갱이를 느끼고 아내의 여린 손길을 느꼈다.

하지만 그런 일은 어디에서든 할 수 있다. 이제 지구 위, 사람이 사는 도시는 어디나 비슷비슷하니까. 아시아든 유럽이든 아메리카든 별 차이가 없다. 세계의 도시는 좋든 싫든 점점 더 닮아만 간다.

내 고향은 서울이다. 하지만 내가 서울에 대해 얼마나 알고 있을까. 태어나 살아온 도시지만 나는 서울의 부분적이고 특정한 것들만을 마음 내키는 대로 기억할 뿐이다. 어디 살든 자기가 속한 도시에서의 삶은 각자의 것이다. 서울에 백 명이 산다면, 백 개의 서울이 존재하는 것과 같다. 만약 내가 서울이 아닌 다른 도시를 선택해 살게 되면, 나만의 서울이 존재하는 것처럼 나만의 어떤 도시가 존재하게 될 것이다. 세계의 도시가 다 비슷해 보일지라도 지구 위 사람들은 각각의 도시를 모두 다른 도시로 기억한다.

오리건Oregon 주 폴랜Portland. 이 도시를 어떻게 발견했는지 모르겠다. 여기에 도착하기 전에는 지도를 보여주며 찾아보라고 해도 못 찾을 만큼 잘 모르는 도시였다. 우연히 책에서 보고 호기심에 이것저것 알아봤다. 그냥, 괜찮을 것 같았다.

나는 그저 내가 잘 모르는 도시를 찾고 있었다. 잘 모르는 도시, 그래서 내 삶을 새롭게 발견할 수밖에 없는 도시를.

그렇게 황당하게 태평양을 건너와 이 년을 살았다. 당연히 나는 아직도 이 도시를 잘 모른다. 하지만 나는 폴랜이 좋다. 이곳의 삶도 다른 도시에서의 삶과 크게 다르지 않겠지만, 나는 날마다 뭔가 새로운 것을 발견하고 있다. 결코 사사롭다고 할 수 없는, 소중한 기억으로 남을 만한 것들이다. 그런 것들이 특별히 이 도시, 폴랜이라서 더욱 좋거나 소중한지는 모르겠다. 그냥 어쩌다보니 이 도시에 나는 서 있다. 아내와 딸 그리고 고양이 한 마리와 함께. 다행히 이곳이 무척 마음에 든다. 폴랜, 나는 이 도시가 좋은데 어떤 게, 뭐가 어떻게 좋은지 이제부터 쓰고 그릴 생각이다. 물론, 지극히 나만의 폴랜 이야기다.

비의 도시

이곳 사람들은 우산을 안 쓴다. 비가 자주, 많이 오는데도(10월 말부터 이듬해 5월 초까지 본격적인 우기) 우산을 쓰지 않는다. 아예 이 도시 사람들은 우산이라는 도구의 쓰임새를 잘 모르는 것 같다. 아니면 비를 맞는 게 건강에 좋다고 생각하는지도 모르겠다. 자기들이 무슨 수분이 필요한 나무인 줄 아는 걸까.

그래도 다운타운을 걷다보면 멸종위기종 같은, 우산 쓴 이를 가끔 볼 수 있다. 하지만 십중팔구 외지인이다. 폴랜 사람들은 정말이지 이상하다 싶을 정도로 우산을 쓰지 않는다. 단체로 터프하게 살기로 약속이라도 한 것인지. 궁금한 마음에 비를 쫄딱 맞은 이에게 왜 우산을 쓰지 않느냐고 물었다. 그러자 "이 정도 비는 좀 맞아도 돼"라거나 "폴랜 비는 깨끗해서"라는 조금은 썰렁한 대답이 돌아왔다. 물론 비 좀 맞는다고 당장 큰 병에 걸린다거나 어떻게 되는 건 아니겠지. 태평양 바로 옆이라 비가 깨끗한 것도 사실이고. 그래도 가랑비에 옷 젖는 줄 모른다고, 적은 양이라도 계속 맞다보면 온몸이 폭삭 젖을 수밖에 없다. 정말로 운이 없으면 폐렴에 걸릴 수도 있고.

이곳 사람들이 말하는 좀 맞아도 되는 비의 양이란 것도 모호하다. 우리 눈에는 거의 폭우 수준인데 얇은 셔츠 한 장 달랑 걸치고 비를 쫄딱 맞으며 다닌다. 셔츠가 젖어 몸통이 다 드러날 지경인데도 그런다. 아주 조금 에로틱해 보이기도 하지만 그보다는 미련해 보이는 게 사실이다.

가을부터 시작하는 우기는 이듬해 초여름까지 계속되는데, 비가 지겹도록 끝 모르고 내린다. 우리나라 장마철은 명함도 못 내밀 정도로 몇 달이고 줄곧 비만 내린다. '항복! 난 비를 너무나 사랑해요'라고 말할 때까지 계속 온다. 그렇게 인정하지 않으면 몹시 괴로워진다.

우기가 되면 부쩍 늘어나는 텔레비전 광고가 있다. 우울증 약 광고다. 나가서 비 맞는 것도 싫고, 비를 지겨워하며, 도저히 비를 사랑할 수 없는 사람은 결국 이 약을 사 먹을 수밖에 없다. 이곳에선 비를 사랑하지 않으면 정신 건강에 이상이 생길지도 모른다. 비를 쫄딱 맞으면서도 웬만하면 진 켈리Gene Kelly처럼 〈싱인 인 더 레인Singin' in the Rain〉을 불러야만 살아남을 수 있다.

2015년 10월, 막 우기가 시작될 무렵 이곳에 왔다. 이 주 정도 가을을 만끽하자 비가 내리기 시작했다. 처음에 우리는 여행자답게 각자 하나씩 우산을 들고 있었다. 그러나 어느 틈에 서서히 변해갔다. 맨 먼저 딸아이(은서)가 우산을 거부했다. 내가 "비 온다, 우산 써" 하면, "에이, 이 정도는 안 써도 돼"라고 대답했다. 그다음은 아내였다. "우산 안 써?" "아무도 안 쓰는데 뭘. 금방 멈출 거 같은데?" 어느 틈에 보니 우리 셋 중에 우산을 쓴 이는 나 하나였다.

혼자만 어설픈 관광객이 된 기분. 소외감이 들었다. 우산 쓴 나를 가족들이 창피해하는 것만 같았다. 나 혼자만 촌스러운 이방인이 된 기분이었다. 그래서 결국 나도 우산을 던져버렸다. 폴랜의 비와 친해지기로 했다. 비가 오거나 말거나 하는 기분으로 비를 맞으며 도시를 쏘다녔다. 머지않아 바지 아랫단부터 피부에 점점 달라붙는 게 느껴졌다.

비를 맞으며 자전거를 탔다. 달리기 시작할 땐 비가 안 왔는데 어느 틈에 우박과 비가 머리 위로 마구 떨어졌다. 속옷까지 모두 젖어 한기가 들었지만 이상하게 기분이 상쾌했다. 더욱더 자유를 쟁취한 기분이었다. 정말로 이러다 날아갈 것 같았다. 자전거 위에서 저절로 웃음이 났다. 결국 그날 감기에 걸렸다. 그래도 그 페달 돌리는 맛을 잊을 수가 없다.

비를 사랑하게 되니 이따금 구름 사이로 비추는 은빛 햇살이 고마웠다. 계속 내리는 빗줄기 사이로 반짝이는 햇빛이 한없이 아름다웠다. 비가 그치고 등장하는 촌스럽게 거대한 무지개도 좋았다. 아마 해의 따스함을 진정 사랑하는 사람이라면 누구나 폴랜의 비와도 사랑에 빠질 것이다. 어쩌면 그 둘은 정말로 궁합이 잘 맞아 떼어놓을 수 없는 사이인지도 모른다.

P.S. 폴랜을 여행하기 가장 좋은 계절

'폴랜' 하면 가장 먼저 떠오르는 것 중 하나가 비다. 일 년 중 절반이 비가 집중적으로 내리는 우기라 그렇다. 보통 10월 말부터 서서히 비 오는 날이 많아져서 이듬해 5월 초순까지 좀 지겹다 싶게 내린다(일주일에 칠 일). 젖는 것이 정말 싫다면 그때는 폴랜 방문을 피하는 게 좋다.
그나마 다행인 것은 비가 와도 생각보다 습하지 않다는 거다. 서울의 여름 장마철과 비교해서 그렇다. 그러니 줄기찬 비를 피해 폴랜을 여행하기 좋은 계절은 5월부터 10월까지라고 해두자. 한데 '비의 도시'를 비가 안 오는 계절에 여행하는 게 과연 잘하는 일인지는 생각해볼 일이다.

트램을 타고

서울에선 일주일에 서너 번 달리기를 했다. 날이 좋으면 홍제천변을 달렸지만 날이 안 좋을 때면 체육관을 이용해야 했다. 체육관에선 달리기를 한 뒤 혼자 간단한 웨이트트레이닝도 했다. 그렇게 하기 시작한 게 삼십대 중반이니 이제 십 년 정도 되었다. 자랑할 일은 아니지만, 그전까진 자진해서 운동을 해본 일이 거의 없다. 늦게나마 운동을 시작한 건 성인이 되어 한 일 가운데 몇 안 되는 잘한 일인 것 같다. 운동을 시작한 뒤로 일과 흡연과 음주로 망가졌던 일상에 확실히 활력이 생겼다.

십 년 정도 운동을 하며 보니, 그사이 변한 것들이 있다. 체육관에 학생들이 많아졌다. 전에는 근육 좀 만들어볼까 하는, 마초 같은 이들이 주로 체육관을 찾았던 것 같은데 이젠 아니다. 다들 건강하게 체력을 유지하려는 이유로, 몸을 반듯하게 하려는 목적으로 체육관을 찾는다. 사람들에게 체육관을 찾는 일이 좀 더 일상이 되었고 편하게 생활화된 느낌이다. 그래서 아무래도 나보다 젊은 사람들의 몸을 자주 보게 되었는데, 어느 때부턴가 그들의 팔이며 다리, 곳곳에 크고 작은 그림들이 보이기 시작했다.

요즘에는 서울에서도 타투를 한 이들을 쉽게 볼 수 있다. 사람들은 타투를 그다지 터부시하지도 않고, 편하게 패션의 일부로 생각하는 것 같다. 과거의 타투는 말 그대로 다크포스 그 자체였다. 평범한 인간이라면 절대로 하지 않는 종류의 것 말이다.

어느 날부터 은서도 타투를 하고 싶어했다. 아직 십대니까 너무 빠르다고 했지만, 나이가 무슨 상관이냐며 자긴 꼭 하겠다고 고집을 부렸다. 뭐, 겉으로는 좋을 대로 하라고 했다. 하지만 속으로는 어느 날 짠, 거대한 용이나 호랑이 타투를 팔뚝에 새기고 나타날까봐 걱정을 했다. 그러는 와중에 우리는 이곳 폴랜에 오게 되었다.

맙소사, 이곳은 타투의 성지였다. 앞에서 우산을 안 쓴 이와 우산을 쓴 이로 이곳 사람과 외부 사람을 구분한다고 했다. 타투도 그렇다. 타투를 하지 않은 사람은 폴랜 사람이 아니다. 조금 과장

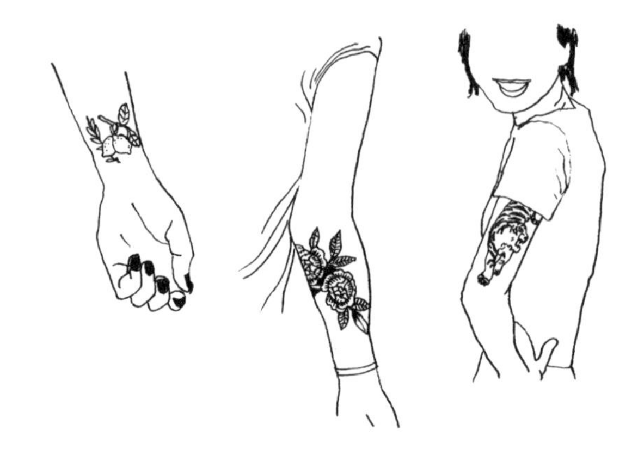

해서 말하자면 폴랜 사람들은 남녀노소 할 것 없이 누구나 타투를 하고 있다. 할머니, 할아버지, 학생, 경찰관, 우체부, 은행원, 식당 종업원, 컴퓨터 판매원, 마켓 점원, 자전거 배달부, 책방 직원 할 것 없이 다들 몸 어딘가에 타투가 있다. 팔뚝, 어깨, 손, 종아리, 발목, 등짝, 목, 가슴팍, 심지어 얼굴에까지 타투를 한다. 폴랜 사람들을 모조리 세워놓고 옷을 벗겨 타투를 연결해보면 시스티나 성당Cappella Sistina의 거대한 벽화 같은 웅장한 그림이 펼쳐질지도 모른다.

솔직히 말하면 폴랜에선 타투를 구경하는 재미가 쏠쏠하다. 말그대로 개성의 표현이라 그림이 화려하고 엉뚱하며 기발하다. 물

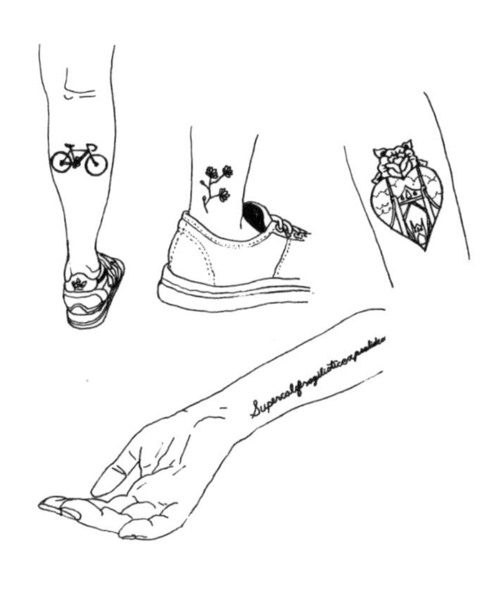

론 한심해 보이는 것들도 가끔 있다. 뭐, 모든 이가 그림을 잘 그릴 수 없듯이 모든 사람이 훌륭한 타투를 가질 수는 없을 테니까.

한번은 트램에 탔는데 한 여성의 타투가 눈에 들어왔다. 사람이 많은 편이라 다들 가만히 서 있는 덕분에 그녀의 타투를 천천히 그리고 자세히 구경할 수 있었다. 그림의 개수가 꽤나 많았다. 생각해보니 당연했다. 면적이 넓으면 그만큼 그림도 많이 그려 넣을 수 있으니까. 어깨, 가슴, 팔이 확 드러나게 옷을 입은 그 여성은 체격이 컸고 몸에 타투가 많았다. 앵무새, 장미, 해골 등 화려했다. 그림은 무척 예뻤지만 그다지 큰 의미는 없어 보였다. 나는 그동안 타투에 뭔가 특별한 의도나 깊은 뜻이 있을 거라고 막연히 생각해왔다. 패션이 아닌 '이유'나 '의미' 말이다. 이를테면 고등학교 졸업 십 주년이라든가, 그녀와 사귄 지 백 일 기념, 결혼 삼십 주년 기념 같은 거. 왜 〈이스턴 프라미스Eastern Promises〉 같은 영화를 보면 러시아 마피아들은 그렇게 한다지 않는가. '어디 감옥에서 몇 년 묵었음' '무슨무슨 범죄를 저지른 적 있음' 같은 거. 물론 누군가를 겁주는 효과는 따라오는 덤이겠고.

달리는 트램 안에 서서 나는 그 여성이 몸에 새긴 타투의 용도에 대해 생각해보았다. 하지만 아무리 봐도 그건 그냥 패션이었다. 계속 들여다보고 있자니 그녀의 등판이 미대 입시생들이 예전에 보던 '구성 자료집' 같다는 생각이 들었다. 그냥 예쁜 그림들이 그려진 피부를 입고 있는 거 같다고나 할까. 어여쁜 일러스트가 인쇄된 티셔츠나 꽃무늬 원피스에 별다른 의미가 없는 것처럼 그 타투에도 별다른 의도는 없어 보였다. 그 후 폴랜의 다양한 장소에서 만난 사람들의 타투도 대부분 그랬다. 그냥 이곳 사람들은 별 의미 없이 '멋'을 위해 타투를 했다. 물론 자신만의 어떤 '의미'를 담은 것들도 있겠지만, 대부분의 사람들이 그냥 멋으로 타투를 하는 것 같다.

은서는 여전히 타투 가게 앞에만 가면 발걸음을 멈추고 촉촉한 눈이 된다. 하지만 전보다는 열망이 훨씬 덜해 보인다. 아마도

Portland
CRAFT

내가 꽤 설득력 있는 이야기를 해주었기 때문일 것이다.

"너, 네가 아무리 잘 그렸다고 생각한 그림도 일주일 뒤에 보면 창피하다고 그랬지? 타투도 그래. 지금은 엄청 좋아서 새겼지만 두고두고 보다보면 지겨워지고 싫어질 수도 있다? 생각해봐, 타투는 지겨워져도 지우개로 지울 수가 없어. 잘못하면 평생 못 그린 그림, 꼴 보기 싫은 그림을 몸에 새기고 다녀야 한다고. 그거처럼 끔찍한 일도 없을걸?"

또, 은서 스스로 타투에 대한 호감이 줄어든 것도 그 한 이유일 것이다. 여기는 타투를 한 사람이 확실히 너무 많다. 그래서 반대로 타투에 무뎌진 것이다. 왜 모두가 같은, 흔해빠진 옷을 입으면 그 옷은 입기 꺼려지지 않던가.

은서 이야기만 했는데 실은 나도 타투를 하고 싶었다. 전부터 언젠가는 반드시 할 거라고 생각했다. 하지만 안타깝게도 오래도록 간직하고픈 그림을 고르기가 너무 힘들다. 은서에게 해준 이야기는 사실 내가 타투를 못 하고 있는 이유인 것이다.

•

번사이드 거리Burnside Street를 걷다가 레이저빔으로 타투를 제거해주는 곳을 보았다. 이곳에도 타투를 지우고 싶어하는 이들이 있는 거다.
누군가가 지우고 싶어하는 그 타투에는 과연 어떤 사연이 있을까.

P.S. 타투 가게

구글에서 타투를 검색하면 폴랜 지도 위에 수많은 타투 가게가 뜬다. 타투를 해본 적도 없고(물론 이 글을 쓰는 현재) 가게들을 많이 다녀본 것도 아니라서 자세히 모르지만 아는 한도 내에서 몇 가지 적어본다.

1. 타투 가게는 보통 현금으로 거래한다. 처음 들러서 타투 아티스트와 상의를 하고 스케줄을 잡는다. 그러고는 현금으로 계약금을 낸다. 나중에 일이 끝나고 나머지 금액도 현금으로 결제한다. 일반적으로.
2. 타투의 크기에 상관없이 시간으로 계산하는 경우가 대부분이다. 한 시간에 백 달러, 이런 식. 그림이 크고 복잡해서 시간이 오래 걸리면 그만큼 가격이 올라간다. 작업을 옆에서 보니 고도의 집중력을 요하는 중노동이라 시간으로 계산하는 게 합리적이라 생각했다.
3. 아픈가? 부위별로 다르다고 한다. 연약한 안쪽 살, 뼈가 돌출된 부분 들은 다소 고통스럽다고 한다. 피부 마취는 특별히 원하지 않으면 하지 않는다. 마취 크림을 바를 경우 타투 잉크가 피부에 잘 먹지 않아 작업이 어렵다고.

& 이후에 있었던 일

은서랑 아내가 자기들도 타투를 하겠다며 며칠간 난리를 피웠다. 이것저것 그림을 찾아보고는 드디어 검은 펜으로 서로의 몸 이곳저곳에 그림을 그리기 시작했다. 미리 타투의 느낌을 보겠다는 것이었다. 아주 참, 볼만했다. 이해할 수 없었지만 말릴 방법도 없었다. 엄마와 딸이 동시에 그러는데 도무지 뾰족한 구실이 떠오르질 않았다. 만약 뭔가 참신하고 새로운 구실을 만들어서 말리기라도 한다면, 당장 촌스러운 구닥다리 가부장이 될 판이었다. 그래서 잠자코 내버려두었다.

둘 다 독한 면이 있었다. 마취도 안 하고 잘도 거대한 타투를 한 것이다. 그것도 꽤나 아픈 부위라고 한다(살이 연한 부위라고). 한 일주일을 진물이 줄줄 흐르는 그곳에 약 바르고 어쩌고 했다. 나는 쯧쯧 혀를 찼다. 아주 쌍으로 고생을 사서 하는구나.
그런데 한 달 정도 지나니 꽤나 그럴듯해 보였다. 문제는 그때부터였다. 나도 타투가 하고 싶어진 것이다. 하지만 그뿐이었다. 우유부단하게도 난 그럴듯한 그림을 고르지 못했다. 세상엔 너무 많은 좋은 그림이 있었다. 도저히 하나를 골라 몸에 새길 수가 없었다. 에잇, 타투고 뭐고 포기! 라고 생각한 순간 은서가 내가 그린 그림을 들어 보이며 말했다.
"아빠, 나 이걸로 타투 할래."
완당의 '세한도' 속 집을 재해석해 그린 그림이었다.

"그, 그거 좋은 그림이다."

나는 은서와 함께 왼팔에 그 집을 새겼다.

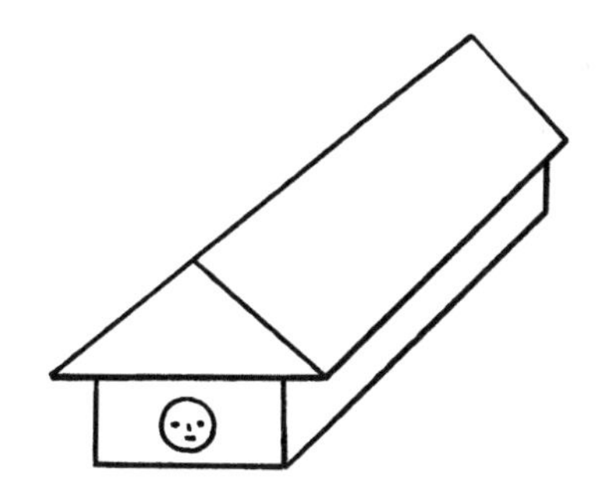

아직도 화장실에서 거울 속의 내 팔을 볼 때마다 이게 잘한 일인지 의심스럽다. 하지만 후회하기엔 너무 늦었다. 그저 괜찮은 그림이었길 바랄 뿐.

윌래밋 강변

나는 근육을 혐오한다. 조금 미안하지만 울퉁불퉁한 보디빌더의 근육이 기괴하고 징그럽다. 너무 인위적이라 아름답다는 생각보다 뭔가 과잉이라는 느낌이 들기 때문이다. 근육이든 뭐든 필요한 곳에 적당히 있는 게 역시 자연스럽고 아름답다는 생각이다. 스스로 빈약하니까 하는 변명 아니냐고 하면 결코 부인할 수 없지만.

그런 이유로 웨이트트레이닝은 즐기지 않지만 달리기만은 계속 해오고 있다. 물론 본격적으로 달리는 건 아니고 그냥 꾸준히 조깅을 하는 수준이다. 사실 내게는 그것만으로도 일상 속의 꽤 큰 도전이다. 나는 덩치에 어울리지 않게 워낙 운동이랑 친하지 않은 약골이라, 한 시간 정도의 조깅만으로 배터리가 완전히 방전되기 일쑤다. 짧은 운동에도 지쳐 헉헉대는 나를, 아내는 '에바'라고 놀리곤 한다('에바'란 '에반게리온'의 약칭으로, 충전하고 몇 분 못 사용하는 로봇 에바에 나를 비유한 것이다).

그렇게 조깅이라도 계속 해온 건 이젠 그나마도 하지 않으면 정말이지 몸이 시멘트처럼 굳어버릴 것 같기 때문이다. 지금보다 조금 더 젊었을 때는 책상 앞에 앉아 새벽까지 일을 해도 몸에 아무런 문제가 없었다. 그런데 지금은 허리도 아프고 다리도 저리고 목이 안 돌아갈 지경이 되었다. 조깅이라도 해야 겨우 몸을 책상 앞에서 지탱할 수가 있다. 다행히 달리고 나면 힘은 들지만 여러 가지 긍정적인 에너지가 솟는다. 몸도 몸이지만 마음에도 큰 위안이 된다. 인생의 여러 가지 복잡한 번민도 달리기를 하면 확실히 사라진다. 달리기는 사람을 긍정적으로 만드는 힘이 있다. 이곳에 오기로 마음을 정한 뒤, 새벽에 서대문에서 마포로 이어지는 홍제천변을 달리며 혼자 설레던 기억이 난다. '앞으로 폴랜에선 과연 어떤 길을 달리게 될까' 궁금해하면서.

이곳에서도 여전히 강변을 달린다. 그러고 보니 윌래밋 강변 Willamette River 산책로는 홍제천변이랑 많이 닮았다. 강의 폭이나 규모는 조금 다르지만 흐르는 물 옆의 산책로를 달리는 것, 다리와 고가도로 밑을 몇 개나 지나는 것 등이 그렇다. 심지어 뛰고 있는 윌래밋 강변 코스의 길이도 홍제천변과 꽤 비슷하다. 전체 코스가 딱 한 시간 정도 거리다.

달리면서 가장 큰 차이를 느끼는 건 역시 공기다. 이제 서울 공기는 정말 좋지 않아서 황사나 미세먼지가 많은 계절에는 아예 뛸 수가 없다. 그에 비하면 이곳의 공기는 상쾌하다. 달리며 들이마시는 공기의 느낌이 무엇과 비교할 수 없을 정도로 깨끗하다. 서울에도 이런 날이 올까.

아, 한 가지, '깨끗하다'고 쓰고 보니 하나 잊은 게 있다. 실은 달리면서 마시는 이곳의 공기가 마냥 깨끗하다고 할 수는 없을 거 같다. 이곳 강변에는 황사나 미세먼지는 없지만 다른 게 있다. 강변을 달리고 있으면 어디선가 향 태우는 듯한 냄새가 풍긴다. 처음에는 담배연기인 줄 알았는데 알고 보니 마리화나 연기였다.

오리건 주에서는 2015년부터 마리화나를 합법화했기 때문에 강변에서 그것을 피우는 사람이 정말 많다. 강 주변 공원은 '스모킹 프리Smoking Free' 지역으로 금연구역인데도 다들 넉살 좋게 뭐든 피우고 있다. 다리 밑에 모여 있는 홈리스들이 피우는 거겠지 생각할 수도 있겠지만, 그게 그렇지가 않다. 그냥 평범한 시민들

이 태연하게 강변에 앉아 마리화나를 말아 피우고 있다. 금연구역이라고 단속하는 사람도 없고 항의하는 사람도 없다. 마리화나 연기를 들이마시고 있는 사람들 그리고 그 옆으로 열심히 달리는 사람들. 나이키 광고에 나오는 육상선수같이 건장한 선남선녀들이 마리화나 연기를 뚫고 달린다. 괴상한 조화다. 정말이지 윌래밋 강변에서만 볼 수 있는《이상한 나라의 앨리스》같은 초현실적인 모습이지만 그래서 가장 폴랜적이라고도 할 수 있겠다.

그다지 넓지 않은 강변길을 개를 데리고 산책하는 사람들, 조깅하는 사람들, 자전거로 출퇴근하는 사람들, 보드를 탄 아이들, 관광객들, 흡연자들, 마리화나 이용자들, 홈리스들이 동시에 사

용하다보니 비좁게 느껴질 때도 있다. 하지만 전혀 불편하지는 않다. 서로를 불편해한다거나 혐오하는 일도 없다. 평화롭고 유기적이고 심지어 아름답다. 그 무리에 섞여 윌래밋 강변길을 달리고 있으면 진정한 평화가 무엇인지 깨닫게 된다.

폴랜에 도착해서 가장 먼저 뭘 하는 게 좋으냐고 내게 묻는다면, 맨 먼저 윌래밋 강변에 가보라고 하겠다. 강변을 산책하다 스틸 다리Steel Bridge의 상판이 올라가고 배가 통과하는 걸 구경하고 있으면, 새삼 폴랜에 도착한 걸 실감할 수 있다.

P.S. 윌래밋 강변 산책 코스

윌래밋 강 서쪽으로 워터프론트 공원Waterfront Park이 있어서 공원을 따라 북쪽이나 남쪽으로 걸으면 폴랜의 강변을 여유롭게 산책할 수 있다. 하지만 주말에는 다소 붐비고 여름에는 각종 페스티벌이 공원을 점거하므로 한가하게 거닐고 싶다면 주말이나 여름은 적당하지 않다. 풍경사진을 찍기에도 강 서쪽은 좋지 않다. 폴랜을 한 장의 사진에 담으려면 강 동쪽이 좋다. 걸어서 강을 건너보길 추천하는데, 호손 다리Howthorne Bridge나 스틸 다리, 틸리컴 크로싱Tilikum Crossing이 걸어서 건너기에 좋다.

나이키에서 운영하는 '바이크 타운BIKETOWN'을 이용하는 것도 추천한다. 이 주황색 자전거는 폴랜 어디에나 있어서 정말 편리하다. 강 동쪽에 큰 공원은 없지만 폴랜 다운타운을 한눈에 감상하기에 꽤 좋다. 특히 해질녘이 아름답다. 여유가 있다면 폴랜이 자랑하는 유명한 어린이 과학박물관 '옴지OMSI(Oregon Museum of Science and Industry)'를 방문하는 것도 추천한다.

www.biketownpdx.com
http://www.omsi.edu

& 이후에 있었던 일

올 여름(2017년)에 퐅랜 주변 산에 큰불이 났다. 비가 안 내리는 계절이라 건조해서 자연적으로 불이 났을 거라 생각했는데 아니었다. 화기 금지구역 공원에서 아이들이 폭죽을 터뜨리며 놀다가 불을 낸 것이다. 얼마나 큰불이었냐면 도시 전체가 약 이 주간 연기에 둘러싸일 정도였다. 마스크를 쓰지 않으면 외출이 힘들 정도로 불이 컸다. 황사가 덮친 서울이랑 비슷한 수준이었다. 믿기지 않았다. 퐅랜에서 가장 좋은 것을 꼽으라면 공기라고 말해도 될 정도였는데 말이다. 이 년을 있어보니 어제가 오늘과 다른 게 조금씩 보인다. 들어보니 겨울이 점점 더 추워지고 여름은 가혹할 정도로 더워졌다고 한다. 우기는 아니지만 그래도 비가 너무나 안 내려서 처참할 정도로 윌래밋 강의 수위가 내려갔다. 환경적 재앙은 당연히 이곳도 피해갈 수 없는 것이리라.

푸른 수염

언젠가부터 내 얼굴에는 수염이 있다. 수염을 기른 듯 안 기른 듯 조금 모호할 정도로 기르다보니, 그냥 면도를 며칠 안 한 것 같다는 소릴 듣는 정도다. 수염을 기른 특별한 이유는 없다. 어쩌다 며칠 방치했는데 문득 거울을 보니 맨얼굴보다 좀 더 나은 것 같아서 기르게 되었다. 실은 항상 적당하게 짧은 수염을 유지하는 게 보기보다 만만치 않다. 외출할 때마다 어느 정도 정리를 해야 그나마 사람꼴을 유지할 수 있다. 귀찮아서 살짝 긴장의 줄을 놓으면 곧바로 삐죽삐죽 지저분해지니 주의해야 한다. 해가 좋은 계절에 열흘 정도 방치하면 순식간에 무릎까지 오는 잡초의 숲으로 변하는 뒷마당과 비슷한 이치다.

하나로 모아본
폴랜 유행 스타일
문제의 버스 손잡이 모양
피어싱
스텀프 타운
이니까
누구나 집에
도끼 하나씩
수염이 없으면
폴랜 사람 아님
(여자도
있는 경우가 있음.
여자 수염 경연
대회도 있음)
아웃도어
스타일
셔츠
타투가 없으면
폴랜 사람 아님
트랙수트가
돌아왔다.
(이건
긴바지를
자른거)
유행하는
양말에 삼선 슬리퍼
(여긴 나이키 본사가
있는 곳)

폴랜 하면 빠지지 않고 오르내리는 이미지 중 하나가 힙스터들의 덥수룩한 수염이다. 정말로 타투를 한 사람만큼이나 수염 기른 남자도 많다. '진정한 남자라면 역시 덥수룩한 수염이지'라고 말하는 느낌이다. 내 수염 정도로는 거기 낄 수도 없다.

길을 걷고 있으면 여기저기에서 시커먼 것들이 얼굴에 붙어 꿈틀대는 것을 본다. 도대체 이곳 남자들은 왜 서양 옛이야기에 나오는 도끼를 든 나무꾼처럼 꼬불거리고 지저분한 턱수염을 기르는 걸까. 이유를 알아봤자 그다지 신통할 것 같지도 않다. 분명한 건 '신체는 부모에게서 물려받은 소중한 것이라서' 같은 이유는 아니라는 거다. 아마 이것도 또한 그냥 멋으로 기르는 것이리라. 어쩌면 단순히 좀 더 나이 들어 보이기 위한 것인지도 모르겠다.

어린 시절, 이제 막 자라기 시작한 얄팍한 수염으로 어른 대접을 받고 싶어하는 아이들이 있었다. 그때 그 친구들은 그 영 어설픈 수염을 내세워 성인영화를 보거나 담배를 사려고 했다. 여기서도 가만 보면 주로 젊은 사람들이 수염을 덥수룩하게 기르는 것 같다.

주워들은 이야기에 의하면, 덥수룩한 수염에 집착하는 메이저리그 선수들은 주로 공격적으로 보이기 위해서 수염을 기른다고 한다. 심리전을 위한 도구로 수염을 이용하는 것이다. 음, 잘은 모르겠지만 상대팀 선수가 수염을 몹시 거슬려 할지도 모른다. 적어도 보고 짜증이 날 수도 있다.

폴랜의 골목을 다니다보면 옛날식의 고풍스러운 이발소가 꽤 눈에 띄는데, 그런 이발소들은 간판도 근사하고 인테리어도 멋있다. 나야 오래전부터 아내가 집에서 기계로 머리를 밀어주어서 이용한 적은 없지만, 돌아가기 전에 한번쯤 그런 '바버숍barbershop'에서 머리를 손질해보고프다. 재미있는 건 그런 곳들이 옛날 서부영화에 나오는 이발소(그러니까 주인공이나 악당이 술집에서 총질을 한판 벌이기 전에 이발을 하는 곳)랑 어쩐지 느낌이 비슷하다는 사실이다. '어라 묘한 기시감이 드는데?' 하며 이발소 건너편을 돌아보면, 정말로 딱 그 정도 위치에 선술집도 하나 있다. 그 옆에는 마구간을 대신하는 자동차정비소와 식품점도 있고.

생각해보면 서부영화 속 그런 장면도 그리 오래전 모습이 아니다. 기껏해야 백여 년 전이니까. 우린 서부 개척시대에서 그리 멀리 떠나온 게 아니다.

아무튼 멋지게 수염을 기른 모습은 부럽다. 정원사가 공들여 손질한 나무처럼 잘 정돈된 수염. 예술작품에 가까운 작은 분재를 감상하는 느낌도 든다. 수염에다 염색을 하거나 장식을 단 경우도 종종 보게 되는데, 살짝 오버라는 생각이 들긴 하지만 보는

사람 입장에선 그것도 나름 재미있다. 얼굴에 붙어 있는 작은 크리스마스트리 같다고나 할까.

며칠 전, 집 앞에서 스트리트카를 기다리다 '푸른 수염'의 남자를 보았다. 그의 푸른 수염은 너무나 화려하고 튀어서 좀 과장하자면 거의 백 미터 전부터 보였다. 칠칠치 못하게 입 주위에 뭘 저렇게 퍼런 걸 묻혔을까 했는데, 다름 아닌 수염이었다. 푸른 수염은 내 눈앞으로 성큼성큼 다가오더니 그 오묘한 푸른색을 펄럭이며 스쳐 지나갔다. 수염에서 반짝거리는 파란 분가루가 떨어질 것 같은 느낌이었다. 가까이서 본 그의 푸른 수염은 꽤나 그로테스크했지만, 내가 몹시 좋아하는 색에 가까운 색이었다. '옥수수빵파랑Dodger Blue' 말이다.

P.S. 로컬 수염 스타와 수염 콘테스트

타투처럼 수염도 폴랜에서 장기 유행 중인 패션이다. 아마 1890년경부터 지금까지인 거 같다. 나도 좀 길러볼까 싶어 도전해봤는데 열흘 정도 면도를 하지 않았더니 영 근지럽고 더러워 보였다. 그래서 기르지는 못 할 망정 좀 멋스럽게 면도를 해보려고(〈아이언맨〉의 토니 스타크처럼) 코밑수염을 다듬다가 완전한 짝짝이가 된 적이 있다. 아무튼 주제에 맞는 짓을 하고 볼 일이다.

해마다 수염 콘테스트가 열리는데 2017년에는 6월 20일에 열렸다. 만약 이 콘테스트에 참가하고 싶다면 구글에서 'rose city beard and moustache competition'을 검색해보라.

폴랜이 자랑하는 유명 게이 수염 스타도 있는데, 인스타그램에서 'The Gay Beards'를 검색해보면 어떤 사람들인지 알 수 있다.

누드 크로키

딸 은서는 우리처럼 미술을 전공하고 싶어한다. 그래서 미술교육 수준이 높고 비교적 학비가 싼 유럽의 학교에 지원하려 하고 있다. 이곳 칼리지에서 미술 수업을 들으며 혼자 포트폴리오를 만드는데, 역시 스스로 좋아서 하는 일이라 즐겁게 하고 있다.

그런 은서와 뭔가 함께할 만한 게 없을까 하던 중, 바에서 우연히 만난 시카고에서 온 친구가 누드 크로키를 할 수 있는 스튜디오를 알려주었다. 사이트에 들어가보니 꽤 괜찮아 보여서 은서와 같이 그곳에 다니기로 했다.

우린 이스트 번사이드East Burnside에 있는 그 스튜디오에서 매주 수요일 저녁에 세 시간씩 누드 크로키를 한다. 가격은 한 사람에 십 달러. 모델은 매주 바뀐다. 배우 존 말코비치John Malkovich를 닮은 스튜디오 주인은 말이 없고 조용조용하다. 스튜디오 벽에는 크로키와 사진 들이 붙어 있는데 그걸 보니 본인이 그림을 가르치기도 하고, 직접 모델이 되기도 하는 것 같다. 매주 스무 명 정도의 사람이 모여 크로키를 하는데 오는 사람이 매번 바뀌는데도 그림 그리는 분위기가 꽤 좋다.

은서는 울퉁불퉁한 남자 모델보다 매끈한 여자 모델을 좋아한다. 그래도 누드모델이 남자든 여자든 어떤 모습이든 개의치 않고 의연하게 쓱쓱 모델을 묘사하는 딸을 보고 있으면 마냥 신기하다. 나는 대학에 가서 처음 누드 크로키를 할 때, 민망해서 모델을 똑바로 쳐다보지도 못했다. 하지만 은서는 원체 씩씩한 성격이라 그런지 아무렇지 않게 잘도 보고 그린다.

나와 아내는 전통적인(?) 한국식 입시미술을 배우고 대학에 갔다. 다시 생각해도 괴로운 기억이다. 창의적인 부분은 되도록 안 드러나게, 틀에 딱 맞춘 미술을 몇 년 동안이나 배웠다. 그래서인지 나는 내 자신의 크로키가 아직도 뭔가 답답하다. 아무리 틀을 깨려 해도 잘 안 되는 부분이 있다. 그에 비해 은서는 그런 틀에 박힌 교육을 받지 않아서, 우리가 보기에 아주 낯설게 그림을 그린다. 좀 만화 같기도 하고 골격도 안 맞는다. 명암도 들쭉날쭉하다. 하지만 그래서 그림이 살아있고 개성이 넘친다. 어쩌면 개성뿐인 크로키인지도 모르겠다. 하지만 나는 그게 정말 좋은 거라고 느낀다. 당연하지만 남들이 다 그리는 그림을 그릴 필요는 없다. 누구에게나 자신만의 그림이 필요하다. 역사에 남을 만한 멋쟁이 모더니스트 예술가들은 다 그래왔으니까.

하지만 이제 그림을 시작하는 아이라 아주 기본적인 조언은 필요하다. 그리고 그 덕분에 나도 그나마 내 역할이 생긴다. 쉬는 시간마다 은서가 그린 그림을 보며 의견을 나눈다. 연필을 사용하는 법, 구도를 잡는 법, 인체골격의 구조, 빛과 그림자에 대한 설명 등. 눈을 반짝이며 귀를 기울이는 은서를 보고 있으면 더없이 행복한 기분이 든다. 아빠로서 뭔가 중요한 가르침을 전하는 기분이다.

매주 은서랑 같이 누드 크로키를 다닌다는 건 정말 멋진 경험이다. 서울에서도 할 수 있었겠지만 그렇게 되지 않았다. 서울에서 나는 나대로 은서는 은서대로 바쁘고, 항상 뭔가 각자 해야 할 일들이 넘쳐났다. 폴랜이라서, 폴랜에서만 할 수 있는 일은 아니지만, 폴랜이기에 할 수 있는 일이다.

수요일, 하늘이 보랏빛으로 물들기 시작할 무렵 버스를 타고 스튜디오에 가는 길. 그 시간 함께 나눈 대화. 스튜디오의 문이 열리는 걸 기다리며 마시는 커피, 그림 그리며 사는 것에 관한 이야기. 크로키가 끝나고 하늘에 별이 빛나기 시작하는 시간. 차가워진 공기. 아마 결국 그런 반짝이는 순간들만 우리에게 남겠지.

P.S. 은서와 함께 크로키를 하러 다닌 곳

http: //hipbonestudio.com

그밖에도 폴랜에는 다양한 누드 크로키(여기서는 누드 크로키를 '라이프 드로잉life drawing'이라고 부름) 교실이 있다.
다운타운에서 조금 떨어져 있지만 '멀트노마 아트센터Multnomah Arts Center'에도 누드 크로키를 비롯해 여러 가지 미술 프로그램이 있으니 여유가 있는 여행자는 참고하시길.

카세트테이프

나는 사실 어려서 카세트테이프를 모아본 적이 없다. 어린 시절 운 좋게 집에 전축이 있어서 처음부터 엘피판으로 음악을 들었다. 대학을 졸업할 즈음에는 시디가 나와서 그걸로 자연스럽게 옮겨갔다. 물론 디지털파일 같은 건 상상조차 할 수 없었던 시절의 이야기다.

카세트테이프는 중학생 때 라디오에서 나오는 음악을 녹음하기 위해 샀던 공테이프 몇 개가 전부였다. 엘피판으로 음악을 들어 버릇해서인지 테이프의 잡음이 유난히 거슬렸던 기억이 있다. 그런데 이제야, 철들 나이는 한참이 지난 지금, 아니 카세트테이프라는 물건이 거의 멸종한 요즘에서야 엉뚱하게 카세트테이프

를 사 모으고 있다.

레트로의 유행으로 전혀 예상하지 못했던 과거의 유물이 다시 수면 위로 떠오를 때면 정말이지 당혹스럽다. 속속 등장하는 첨단 물건들 덕에 이제는 가치가 없다고 생각해서 싹 기억에서 지웠는데, 좀비처럼 무덤에서 기어나와 다시 유행하는 것이다. 이래서야 어떤 물건을 낡았다고 구시대 유물로 치부해버릴 수 있겠는가. 집 안에 처박혀 있는, 이제 막 치우려던 온갖 사용하지 않는 물건들이 모두 다시 주인공이 되는 시대가 돌아온다고 생각해보라. 생각만 해도 정신이 사납다.

가장 충격적인 레트로 중 하나가 바로 카세트테이프다. 나는

21세기인 지금 이 구시대 유물이 내 마음을 이렇게 사로잡을 줄은 전혀 예상하지 못했다. 실제로 테이프는 음질도 구리고 촌스럽다. 게다가 여러 외적인 충격에도 생각보다 약하다. 일회용 아닌 일회용 같은 느낌이다. 애초에 만들 때부터 '넌 딱 아흔아홉 번 정도 들으면 수명 끝'이라는 식으로 만들어진 거 같다. 왜 그런 줄 알면서도 계속 모으느냐고 물으면, 실은 변명할 말이 없다. 음질도 별로고 수명도 짧다. 이젠 구하기도 힘들고 생각보다 싸지도 않다. 아내는 내게 자주 묻는다. "도대체 왜 카세트테이프를 모아? 그냥 전부터 모으던 걸(시디나 엘피판) 모으라고!"

세상에는 말로 설명하기 힘든 것들이 꽤 많다. 논리적으론 설명이 불가능한 것들. 특히 인간의 감성, 정서적인 것들이 그렇다. 누군가를 사랑하게 되었을 때 그를 사랑하게 된 이유를 생각해 본 적이 있는지. 시간을 두고 거듭 생각해

봐도 그다지 논리적이고 굉장한 이유는 없게 마련이다. 아니 오히려 시간이 지나면 지날수록 그와 사랑에 빠진 것이 머리로는 더 이해가 안 되고, 오히려 상대방이 싫어질 만한 이유들을 발견하게 된다. 사랑이란 건 대부분 설명이 안 되는 게 정상이다. 사실 심하게 딱 떨어지는 이유가 있는 사랑은 오히려 의심스럽지 않은가. 사랑을 하는 이유라니.

내가 카세트테이프를 모으는 이유도 비슷하다. 어쩌면 저 위에 열거한 모든 약점이 카세트테이프를 진정 좋아하는 이유일 게다. 음질에 목숨을 거는 오디오 마니아들이 도저히 21세기에 들을 만한 수준의 음질이 아니고, 무슨 약해빠진 작은 생명체처럼 수명도 짧다. 사실 늘어난 테이프로 음악을 듣는 것처럼 괴로운 짓도 없는 거 같다. 이제는 생산조차 멈춰서 구하기도 무척 어렵다. 하지만 덕분에 사람들이 생각하는 것이 아닌 괴상한 가치가 생긴다. 이걸로 듣는 사람이 드물다는 것, 그게 꽤나 중요하다. 남들이 하지 않는 짓만

골라하는 거. 당연하다. 자기만족이야말로 인생의 가장 큰 덕목이자 즐거움이 아니던가.

힙스터들의 원산지(?) 같은 이곳에 오기로 했을 때 정말 신이 났다. '아, 이제는 좋은 카세트테이프들을 쉽게 구할 수 있겠구나!' 하고. 그리고 실제로 그렇게 되었다. 이곳의 음반 가게에는 거의 대부분 카세트테이프 코너가 있다. 물론 오래전에 나온 중고 테이프가 대부분인데 최근에 출시된 것들도 꽤 된다. 요즘 나오는 건 인디밴드들이 낸 음반이 대부분이지만.

서울에 있을 때 아내는 테이프를 구해 듣는 나를 무슨 멸종위기종 구경하듯 했다. 그런 것에 왜 돈을 쓰는지 도무지 이해할 수 없다는 반응이었다. 그래서 자기 친구들을 만나면 곧잘 하소연을 했다. 내 남편이 낡은 카세트테이프를 모으는 별나고 이상한(미친) 짓을 한다고. 아내의 친구들 몇몇은 어머나 잘됐다며 집에 버리려고 쌓아둔 테이프를 한 아름 아내에게 안기곤 했다. 버리려던 물건으로 인심을 쓸 수 있으니 일석이조라고 생각한 게다.

음악을 듣다보면 재미있는 게 있다. 음악을 듣는 것 자체보다 기계를 좋아하게 되는 거 말이다. 사진이랑 비슷하다. 사진을 좋아해서 시작했는데 어느덧 카메라를 모으고 있는 것처럼. 음반도 그렇다. 당연히 음악을 듣는 게 애초 목적이었는데, 어느 순간 그냥 음반을 모으는 게 최종 목적이 된 사람도 있다.

아내가 친구들에게 얻어온 온갖 음악 테이프들은 사실 내게 별 의미가 없었다. 단지 카세트테이프라서 좋아하는 게 아니기 때문이다. 좋아하는 아티스트의 테이프라서 듣는 것이다. 그토록 사모하는 아티스트의 음악을 시디로 듣고, 엘피판으로 듣고, 카세트테이프로 듣고 싶은 것이다(아내는 이 부분을 가장 이해하지 못하지만). 그저 카세트테이프가 좋았더라면 그냥 구하기 쉬운 고속도로 휴게소의 트로트 음악이나 영어회화 테이프를 들었지 싶다.

카세트테이프로 좋아하는 음악을 듣는 것, 정말이지 멋진 경험이다.

(P.S.) 특별한 카세트테이프를 살 수 있는 곳

이곳에 처음 도착했을 때만 해도 카세트테이프에 관심이 참 많았다. 하지만 일 년 정도 지난 지금은 사실 8트랙 카세트테이프와 엘피판에 더 열을 올리고 있다. 8트랙 카세트테이프는 전혀 경험해보지 못한 과거의 유산이었다. 그러니 향수 때문에 사 모으는 것도 아니다. 그런데도 8트랙 카세트테이프를 사서 수리해 듣는 게 제법 매력이 있다(음질에 대해선 별로 말하고 싶지 않지만).

엘피판은 요즘 워낙 리이슈로 많이 발매되어 주로 당시의 빈티지 앨범으로 모은다. 그편이 가격도 저렴하고(물론 엘피판 나름이지만) 풍취(정말로 냄새가 좋다. 곰팡내 같은 느낌. 싫어하는 사람도 있겠지만)도 있다.

다시 카세트테이프 이야기로 돌아가서, 폴랜에서 가장 반가웠던 건 테이프에 직접 음악을 녹음해 판매하는 음반 가게들이었다. 그러니까 예전 1990년대 이전처럼 자신이 좋아하는 음악들을 골라 녹음하여 친구에게 줄 수 있다.

그런 음반 가게로는 '리틀 액스 레코드Little Axe Records'가 있다. 레코드 디깅에 가장 적합한 가게는 '크로스로즈 뮤직Crossroads Music'을 추천한다.

www.littleaxerecords.com

www.xro.com

운전

몇 년 전 유럽 여행 중 암스테르담에서였다. 아내, 딸아이와 함께 자전거 가게에서 자전거를 각자 하나씩 빌려 타고 시내를 돌아다녔다. 워낙 자전거의 도시로 유명한 곳이라 기대를 했는데, 생각보다 무척 고단한 경험이었다.

오래된 도시의 길들은 좁고 미로 같았다. 골목 사이사이로 운하도 보였다. 관광객이 워낙 많고 자전거 옆으로 트램도 달렸다. 마음 편안하게 도시를 즐기며 유유자적 자전거를 타기에는 신경 쓰이는 일이 한두 가지가 아니었다. 혼자였다면 그럭저럭 다닐 수 있었겠지만 아내와 어린 딸까지 신경 쓰느라 도리어 내가 위험해질 정도였다. 나란 인간, 워낙 잔걱정이 많다. "그쪽 말고! 트랩 온다! 오른쪽으로 붙어! 신호를 지켜!" 등등. 자기 앞가림도 못하면서 아내와 딸아이까지 앞뒤로 챙기느라 정신이 하나도 없었다. 은서가 자전거를 배운 지 얼마 되지 않던 시절이라 더욱더 걱정이 되어 그랬다. 하지만 정작 은서는 내 잔소리에 무척이나 심통을 냈다. 아내는 말할 것도 없고.

폴랜도 암스테르담만큼 유명한 자전거의 도시다. 1970년대부터 정비된 폴랜의 자전거 도로는 미국 최대 규모다. 미국에서 자전거를 타기 가장 좋은 도시 중 하나이고, 실제로 자전거 이용자 수도 미국에서 가장 많다. 그래서 폴랜 사람들은 폴랜을 가리켜 '자전거의 도시'라 부른다(그밖에도 부르는 이름이 정말 많기는 하지만).

이곳에 오기 전, 십 년간 탄 차를 팔았다. 난 장롱면허라 아내가 몰던 차였는데 팔기 전에 그걸로 운전연수를 받았다. 면허를 딴 지 이십여 년 만에 운전대를 다시 잡은 것이다. 어떻게 그런 굉장한 결심을 하게 되었냐면, 아무래도 미국에서는 운전할 일이 많다고 생각했기 때문이다. 운전을 못 하면 기본적인 생활이 불가능할 거라 생각했다. '미국에서의 생활은 곧 운전.' 그것이 상식이라고 생각했다. 하지만 아니었다. 폴랜은 예외다.

물론 이곳에서도 운전은 필수다. 아마도 북미에선 동부의 몇몇 대도시를 제외하곤 어디든 가려면 무조건 차를 운전해야 할 것이다. 마켓에 갈 때도 극장에 갈 때도. 서부의 도시는 더 말할 필요도 없으리라. 이곳에서는 한반도, 서울 거리에 대한 감각이 통하지 않는다. 모든 것이 더욱 멀리멀리 떨어져 있다. 하지만 폴랜에서는 예외다. 이곳은 미국 내에서 차가 없어도 살 수 있는 유일무이한 곳이다(미국을 샅샅이 아는 게 아니니까 아닐 수도 있지만). 대중교통이 잘 되어 있고, 무엇보다 자전거의 도시라 그렇다.

폴랜의 친자전거 정책은 정말 꼼꼼하다. 자전거 도로가 거의 완벽하게 짜여 있다. 자전거 가게에서 나눠주는 자전거 전용지도를 보면, 잘 짜인 촘촘한 그물처럼 자전거 도로가 전 도시를 뒤덮고 있다. 구글맵에서 갈 곳을 지정하고 자전거 길을 선택하면 그런 자전거 도로를 볼 수 있다. 정확하고 믿을 만한, 자전거를 위한 길들이다.

자전거가 스트리트카나 트램, 버스보다 빠른 경우도 많다. 특히 다운타운을 통과하는 경우에 그렇다. 장거리를 가는 경우에도 자전거를 가지고 모든 대중교통을 이용할 수 있다. 트램 내부에는 자전거 걸개가 달려 있고 버스에는 자전거를 실을 수 있는 거치대가 아예 장착되어 있다. 미국에 와서 이런 풍경을 보게 되리라고는 전혀 예상하지 못했다. 자전거로 출퇴근을 하고 자전거와 트램이 함께 달리는 모습은 암스테르담, 베를린에서나 본 거였다. 자전거는 폴랜의 도시 풍경을 미 서부의 도시도 아니고, 유럽의 도시도 아닌, 또 다른 제삼의 도시로 보이도록 바꾸었다. 미래의 이상적인 환경친화형 도시를 미리 볼 수 있다면, 아마도 이런 모습이 아닐까 싶다.

더 놀라운 건 자전거를 타지 않은 사람들, 차를 운전하는 이들이다. 운전하는 사람들은 자전거를 차와 똑같이 인식한다. 자전거와 차가 서로를 존중한다. 자전거가 차를 의식하는 건 당연하다. 하지만 차도 철저히 자전거를 동등하게 여긴다. 차가 자전거를 불편해한다거나 위협한다거나 하는 일은 없다. 덕분에 자동차와 마찬가지로 자전거 교통수칙만 지키면 정말 편하게 도시를 누빌 수 있다.

엄청 흥분해서 폴랜의 자전거 타기에 관해 늘어놓았다. 서울에서는 전혀 누리지 못하던 걸 낯선 도시에서 만끽하고 있기 때문이다. 자전거 도로를 따라 달리다보면 나도 모르게 미소를 짓게 된다. 페달을 통해 허벅지와 팔로 온전하게 전해지는 도로의 느낌은 정신을 맑게 일깨운다. 눈앞에 보이는 교통신호와 도로표지판, 건물과 나무, 강과 산과 하늘이 모두 얇은 내 자전거 바퀴와 연결되어 있다. 이곳에서 자전거 타기는 내가 온전히 세상과 하나가 되는 행위다. 그 무엇보다 내가 어설픈 솜씨로 차를 운전할 필요가 없어서 더없이 행복하다.

(P.S.) 자전거 타기 주의사항

폴랜은 1970년대부터 자전거 지지자들의 의견을 받아들여 도시 전체에 자전거 도로를 만들기 시작했다. 일 년 중 크고 작은 자전거 행사가 거의 매일 있을 정도(아래 사이트에 들어가면 폴랜의 온갖 행사들과 함께 여러 가지 자전거 행사도 확인할 수 있다). 그중에서 가장 유명한 자전거 행사는 '누드 자전거타기 대회'인데 세계 최대의 규모를 자랑한다. 이 행사는 무슨 변태적인 목적의 행사가 아니라 공해물질 배출을 줄이기 위한 목적으로 시작되었다. 출퇴근에 자전거 타기는 당연히 일반화되었다.

자전거 지도는 구글에서 확인할 수 있지만 종이 지도를 원한다면 도시 곳곳에 있는 자전거 가게에서 지역별 지도를 무료로 구할 수 있다. 자전거 교통법규는 반드시 준수하는 것이 좋다. 일반적인 자동차 운전과 크게 다르지 않다(오리건 주 자전거 법규는 아래 사이트를 참고).

www.events12.com/portland
www.oregon.gov/odot/hwy/bikeped/docs/bike_manual.pdf

냉면은 없지만

폴랜은 맛의 도시라 불릴 정도로 다양한 음식으로도 유명하다. 그래서 폴랜과 관련된 정보를 찾다보면 먹는 것에 관한 내용이 꽤 많다. 세계 여러 도시의 음식들을 맛볼 수 있는 푸드트럭이 특히 유명한데, 시에서 정책적으로 육성한 덕분에 크게 번성했다. 아시아에서 중동까지 각 나라별로 없는 음식이 없을 정도다. 맛도 좋고 가격도 싼 편이라 좀 유명한 가게는 항상 줄이 길게 늘어설 정도로 붐빈다. 푸드트럭 말고도 다운타운 곳곳에 오래된 고급 식당도 많고, 사우스이스트SE(Southeast) 쪽에는 특화된 음식점도 많이 있다.

문제가 있다면 나는 서울에서도 맛있는 곳을 특별히 찾아다니지 않았다는 거다. 맛있는 걸 먹으면 좋겠지만 그렇게까지 먹는데 시간과 공을 들이지 않았다. 다행인지 불행인지 미각도 그리 발달한 편이 아니다. 이것저것 주는 대로 가리는 거 없이 잘 먹는다. 음식에 관해서는 크게 호기심도 없다. 좋게 말하면 맛의 문제에 있어서 관대하다고나 할까. 그래서 요즘 유행하는 음식 프로그램 같은 것에도 크게 관심이 없어 제대로 내용을 본 적이 없다. 요즘 같은 시대에는 미각이 단순한 게 그리 자랑거리가 아닐 수도 있지만.

하지만 그런 나도 특별히 좋아하는 음식은 있다. 어려서부터 먹은 냉면이다. 먹고 싶을 땐 꼭 늘 가던 곳에 가서 먹는다. 거의 유일하게 내 발로 멀리까지 찾아가서 먹는 음식이라 하겠다. 베트남 쌀국수도 꽤나 좋아한다. 처음 먹어본 게 이십대 중반이었는데 좀 과장해서 그 후 일주일에 한 번씩은 챙겨 먹어온 것 같다. 생각해보면 그동안 냉면보다 더 자주 먹은 것 같기도 하다.

미국 정부는 베트남전 이후 베트남에서 탈출한 보트피플들을 오리건 주에 정착시켰다고 한다. 베트남 사람들이 많아서인지 이곳에는 베트남 국숫집이 유난히 많다. 그중에서도 유명한 곳이 사우스이스트에 한 곳 있는데 아직 가보지는 못했다. 유명한 음

식잡지 〈럭키 피치Lucky Peach〉의 베트남 쌀국수 특집에 소개된 곳이다. 그곳 주인의 인터뷰를 보니 근처 다른 유명 태국 음식점('폭폭Pok Pok'이라고 뉴욕에도 분점이 있을 정도로 유명한 곳이다)의 주인도 자기 가게에 일주일에 여섯 번은 들른다고. 경쟁 가게 사장이 중독될 정도로 맛이 대단하다는 거다.

하지만 어찌된 일인지 나는 그 기사를 접한 뒤에도 아직 그곳에 가보지 않았다. 나는 그런 인간인 것이다. 먹는 것에는 카세트 테이프 쪼가리만큼의 관심도 없는.

다운타운에 있는 포집 '룩 락Lúc Lắc'은 우리 아파트에서 걸어서 십 분 거리라 '가까워서' 꽤 자주 간다. 특별한 인테리어와 서비스로 인기가 많은 편이지만, 사실 쌀국수 자체가 그리 특별히 맛있지는 않다. 이곳의 다른 음식처럼 조금 달고 짠 편인데, 그나마 고명으로 올라오는 고기의 종류가 다양해서 그런대로 풍취가 있다. 폴랜에선 죽어도 제대로 된 냉면을 찾을 수가 없으니, 냉면 대신 쌀국수를 자주 먹게 된다.

집에서 메밀국수도 자주 삶아 먹는다. 국수를 담가 먹고 난 뒤 남은 국물에 뜨거운 물을 부어 모두 마신다. 냉면은 아니지만 그런 식으로 차가워진 속을 달래고 나면 냉면을 먹은 뒤 육수를 마신 듯한 기분이 든다.

맛있는 곳이 많아서 일부러 폴랜을 찾는 이도 있다고 한다. 그 열정이 대단하다 싶기도 하지만 다른 한편으로는 뭘 그렇게까지 찾아 먹고 다니나 싶기도 하다. 나는 먹는 것에 관해서라면 그냥 쌀국수나 메밀국수 정도로 어디서든 행복하다.

P.S. 맛집 소개

수도 없이 새로운 음식점이 오픈하고, 그만큼 사라지는 가게도 많은 도시 폴랜. 그나마 다른 직종에 비해 식당은 나은 편이라고. 편협하고 좁은 미각으로 어디어디를 추천하거나 비추할 수는 없겠지만, 두 번 이상 들렀던 가게 중에서 꼽아봤다.

1. 룩 락Lúc Lắc vietnamese kitchen

베트남 식당. 다운타운에 있어서 접근성이 좋다. 독특한 인테리어로 식사시간이면 길게 줄을 설 정도로 인기다. 맛은 조금 자극적이지만 분위기가 꽤 좋다.

2. 로즈 VL 델리ROSE VL DELI

앞에서 글을 쓸 당시에는 못 가봤던 베트남 식당. 매일매일 국수의 종류가 달라진다. 포에 대한 베트남 출신 노부부의 긍지가 대단하다. 근처 유명 태국 음식점인 폭폭(이곳도 유명한 식당인데 맛이 너무 심하게 자극적이다) 주인이 국수를 먹으러 거의 매일 들른다고. 유명 요리잡지 〈럭키 피치〉에도 소개된 가게.

3. 농스 카오 만 가이Nong's Khao Man Gai

닭고기 덮밥 전문점. 대를 이어 푸드트럭으로 성공해 식당을 만들었다. 특유의 소스가 유명하다. 가게 주인은 TED에 초청되어 강연도 했다.

4. 파인 스테이트 비스킷Pine State Biscuits-division

전통 미국식 비스킷으로 식사를 하고 싶다면 이곳을 추천. 주말 파머스 마켓에도 나오고, 앨버타 거리Alberta Street에도 지점이 있다. 항상 줄을 길게 늘어서는 유명한 맛집 중 하나.

http://www.pinestatebiscuits.com

5. 솔트 앤 스트로Salt & Straw

폴랜 근교에서 생산한 신선한 재료로 만든 아이스크림 판매점. 다양한 재료 맛이 정말 맛있다. 일종의 할머니 손맛 맛집이라고.

http://saltandstraw.com

6. 발리우드 시어터Bollywood Theater

곳곳에 인도 출신 요리사가 하는 식당과 푸드트럭이 많지만 카레라면 이 식당이 더 나은 거 같다. 인도에서 가져온 인테리어 소품도 눈요깃거리. 폴랜에 두 곳의 지점이 영업 중.

www.bollywoodtheaterpdx.com

7. 블루 스타 도넛Blue Star Donuts

폴랜에서 널리 알려진 가장 유명한 도넛집은 '부두 도넛Voodoo Doughnut'이다. 아마 모양이 재미있어서 유명해진 거 같다. 항상 관광객이 줄을 서서 도넛을 살 정도. 하지만 로컬들이 정말로 좋아하는 도넛은 바로 블루 스타 도넛이다. 믿거나 말거나 나도 블루 스타 도넛이 더 좋다.

www.voodoodoughnut.com
www.bluestardonuts.com

폴랜에서 가장 유명한 아이스크림 가게
'salt & straw`
실험 정신이 대단해서 라면 아이스크림,
드라큐라 피맛 아이스크림 같은 거도 있다
우일

굿 윌 헌팅

아내는 정말이지 절약정신이 대단하다. 도무지 쓸데없는 소비라고는 하지 않는다. 제대로 생각이 박힌 인간이다. 왜 그러냐고 물어보면 정말로 '지구를 위해 뭐든 쓰는 걸 줄이자'라고 진지하게 말한다. 나는 그 진지함에 등에서 식은땀이 흐른다.

어쩌다 상점에 들러 마음에 드는 물건을 발견해도 다시 그 자리에 두고 나오기 일쑤다. 맘에 들면 사라고 옆에서 아무리 부추겨도 전혀 흔들림이 없다. 팔불출 같은 아내 자랑이지만 진짜 대단하다고 생각한다. 다들 마음은 먹어도 좀처럼 하기 힘든 일이 아니던가. 그에 비해 나는 소비생활을 삶의 위안으로 삼는 지극히 평범한(?) 속물이다. 모르긴 해도 나 같은 사람들이 지구를 서

서히 좀먹고 있는 것이리라.

아내처럼 생각을 하는 사람이 평생 나 같은 이와 함께 살기는 정말이지 고역일 터다. 아내가 보기에 나는 소비의 대마왕 같은 존재가 아닐는지. 나는 새로운 그림책이나 음반을 발견하면 눈이 뒤집히는, 그런 종류의 인간이다. 맘에 드는 물건을 발견하면 주변의 모든 것이 아웃포커스가 된다. 안 사고 참으면 결국 사고 싶어 미칠 지경에 이르러 꿈속에서도 그게 아른거린다. 지구고 뭐고 눈앞이 하얘지는 것이다. 그쯤 되면 병이라고, 아내는 내게 주지시키곤 한다.

백 번 맞는 얘기라 수긍할 수밖에 없다. 하지만 수긍하면서도 계산하려고 카드를 꺼내든다.

내가 그런 식으로 사 모은 물건이 서울의 집 창고에 차고 넘친다.

더는 물질적인 것에 집착하며 살지 말아야지 하고 나도 번번이 결심을 해왔다. 인생이란 건 그런 자질구레한 것들에 집착하며 묶여 살기에는 너무 짧다고 생각하면서. 하지만 정말로 병처럼 고치기가 쉽지 않다. 이런 나의 수집벽에 대해선 언젠가 따로 한번 진지하게 고찰해 봐야 할 거 같다. 그건 그렇고(설렁설렁 넘어가려는 게 아니고 그냥 그게 이 글의 주제가 아니라서).

그런 아내도 지나칠 수 없는 가게들이 있긴 하다. 헌옷 가게, 중고 가구 판매점 같은 곳이다. 그런 곳을 뒤지다 싸고 좋은 물건을 발견하면 그렇게 행복해할 수가 없다. 요즘은 딸아이도 그걸 따라한다. 둘이 헌옷 가게에 들어가면 고르고 입어보느라 몇 시간이고 아예 나올 줄을 모른다. 싸고 좋다며 발을 동동 구른다. 그런 면에서 아내와 딸에게 이곳 폴랜은 또 하나의 천국이나 다름없다. 도시 전체에 중고 물품을 살 수 있는 곳이 넘쳐나니까 말이다.

우리는 호손 거리Hawthorne Street에 있는 '하우스 오브 빈티지 House of Vintage'에 자주 간다. 커다란 창고 건물 전체가 헌옷 가게인데, 큰 공간을 잘게(?) 나누어 개인이 중고 물건이나 옷 들을 판매할 수 있게 해놓았다. 아마도 판매수익을 일정 부분 서로 나누는 방식인 것 같다. 공간을 가진 사람과 물건을 가진 사람 모두에

조금 촌스러운듯한 퐅랜 패션피플

게 도움이 되는 방식이다. 폴랜에는 그런 가게들이 꽤 많은데, 그런 곳에 가면 규모가 크기 때문에 보통 한 시간 이상 있을 수밖에 없다. 옷뿐만 아니라 다양한 중고 물품도 구경할 수 있어서 나처럼 옷에 별로 관심이 없는 사람도 꽤 오래 머물게 된다.

마틴 루서 킹 거리Martin Luther King Street에 있는 '그랜드 마켓플레이스Grand Marketplace'도 우리가 즐겨 찾는 중고 가게다. 주로 오래된 가구를 취급하는데 그곳에서 우린 책장 하나와 책상 그리고 자전거 한 대를 샀다.

이곳도 역시 커다란 창고 공간을 나누어 작은 판매상들이 입점해 있는 곳이다. 20세기 풍물전시장 같은 곳이라 그냥 둘러보기만 해도 박물관을 구경하는 것 같아 무척 재미있다(지금은 Urbanite로 이름이 바뀌고 주인도 바뀌었지만 아직도 비슷한 형태의 가게다).

'굿윌Goodwill'은 우리나라의 '아름다운가게' 같은 곳으로, 기증받은 물건을 파는 미국의 대표적인 사회사업 가게다. 아내가 특히 좋아하는 곳인데, 위의 두 가게보다 값이 무척 싸고 생활용품 위주의 물건을 주로 취급한다.

구스 반 산트Gus Van Sant 감독의 〈굿 윌 헌팅Good Will Hunting〉이란 영화가 있다. 각본을 배우 맷 데이먼Matt Damon과 벤 애플렉Ben

은서는 빈티지 가게에서
이상한 모자
써 보는 게
취미

Affleck이 써서 아카데미 각본상을 받았다. 수학 천재 '윌 헌팅'의 성장기인데 영화의 내용과 맞물려 '굿 윌 헌팅'이 제목이다. 그 제목이 '굿윌에서 좋은 물건을 찾는 것'을 주인공에 비유해 만들어진 게 아닐까 생각해보았다. 마침 구스 반 산트 감독도 폴랜 출신이고 해서 든 생각이다. 폴랜을 배경으로 한 같은 감독의 영화로 〈아이다호My Own Private Idaho〉도 있다.

•

영화 〈굿 윌 헌팅〉의 주제가를 부른 엘리엇 스미스Elliott Smith도 폴랜 출신이다. 그가 졸업한 링컨 고등학교엔 그를 기념하는 서판이 붙어 있다.

P.S. 대형 중고 가게

폴랜에는 크고 작은 중고 물품 가게들이 성업 중이다. 하지만 다른 가게들과 마찬가지로 하루아침에 사라지는 가게들도 꽤 많다. 맘에 들었던 가게가 사라지면 참 마음이 쓸쓸해진다. 아래 소개하는 가게들은 꽤 규모가 큰 곳으로 우리 가족이 두어 달에 한 번씩 꼭 들르는 곳이다. 이 가게들은 큰 공간을 나누어 다수의 판매자가 조합을 이루어 판매하는 방식이다.

1. 앤티크 앨리Antique Alley

다양한 빈티지 상품을 볼 수 있다. 하루 종일 있어도 시간 가는 줄 모른다.

2. 하우스 오브 빈티지House of Vintage

대부분이 빈티지 옷이지만 인테리어 소품들도 꽤 많이 판매한다.

3. 그랜드 마켓플레이스Grand Marketplace

거대한 가구와 인테리어 소품이 주를 이룬 곳이라 좋아하던 곳인데 2017년 여름 이름이 'Urbanite'로 바뀌었다. 전보다는 덜하지만 여전히 빈티지 상품을 많이 볼 수 있다.

4. 빈티지 핑크Vintage Pink

주로 미들에이지(1950년대)의 빈티지 가구를 판매한다.

HOUSE OF VINTAGE
OPEN
HOUSE
of
Vintage

건널목에서

이곳 사람들이 유별나다는 건 이제 유명한 이야기다. 뭔가 밝고 반듯하면서도 긍정적이다. 남다르게 의욕적이고 참신하며 독특하다. 아마도 그런 모습이 지금의 폴랜을 만들었을 거다.

사실 폴랜의 특이함은 겪어보지 않으면 잘 알 수가 없다. 꽤나 독특한 편이라 〈포틀랜디아Portlandia〉라는 시트콤까지 제작되었다. 폴랜 사람들의 남다른 점은 유명 애니메이션 〈심슨네 가족들The Simpsons〉의 소재로도 쓰인 적이 있는데, 〈심슨네 가족들〉의 크리에이터 맷 그레이닝Matt Groening이 폴랜 출신이라는 이유 때문만은 아닐 것이다. 아무래도 이런 종류의 독특하고 괴상한 사람들은 만화 소재로 안성맞춤이니까.

PORTLA DIA

이곳에 도착해 버스를 타자마자 폴랜 사람들의 독특한 모습을 보게 되었다. 시내버스에는 앞뒤로 문이 각각 하나씩 있다. 탈 때는 앞문을 이용해 타지만 내릴 때는 앞뒤 문을 모두 이용할 수 있다. 재미있는 건 내릴 때 큰 소리로 인사하는 모습. 앞으로 내리면서 운전기사에게 인사를 하는 건 그럴 수 있다. 하지만 뒤로 내리는 사람도 다들 큰 소리로 "생큐Thank you"를 외치는 것이다. 음뭐, 처음에는 인사성이 밝으면 그럴 수도 있겠다고 생각했다. 그런데 계속 보다보니 조금 이상야릇한 느낌이 들었다. 뭘 그렇게까지 큰 소리로 인사를 할까.

그런데 더 황당한 건 우습다고 며칠 우리끼리 낄낄거리고 있었는데, 곧 우리도 내리면서 큰 소리로 "생큐"를 외치고 있다는 사실이었다. 다들 하는데 혼자만 인사하지 않는 건 무척 매너가 없는 것처럼 보일 수도 있다 생각을 한 것이다. 로마에 가면 로마법을 따라야지 별 수 있나.

이들의 유별난 점은 건널목만 건너봐도 알 수가 있다. 길을 가다 건널목을 건너려고 하면 저기 멀리서 달려오던 차들이 멈추기 시작한다. 어림잡아 이십 미터 이상 떨어져 있는데도 건널목에 사람이 보이면 곧바로 서행을 하다 저 멀리에서 멈춘다. '설마 날 보고 멈춘 건가?' 생각하면 바로 그렇다. 우릴 보고 멈춘 거다.

이 정도면 서울에서 온 한가한 사람들이 바쁘게 일하러 가는 사람들을 멈추게 한 것 같아 미안해서 몸 둘 바를 모를 정도다. 서울이었다면 멈추지 않고 원래 달리던 속도로 그냥 지나갔을 법한데, 차들이 저 멀리서부터 척척 멈추다니. 내가 초능력자라도 된 기분이다. 우리는 좀 멋쩍어하며 얼른 건널목을 건너는 게 전부지만, 이곳은 보행자들 또한 수준이 남다르다. 꼭 운전자에게 인사를 하며 지나가는데 고개를 까딱하는 수준이 아니라 아주 해맑게 인사를 한다. 한번은 우리가 빌린 차를 타고 가다 그들처럼 건널목에서 멈춘 적이 있다. 그랬더니 한 여학생이 교통질서 공익광고에 나오는 모델처럼 해맑은 표정으로 우리에게 인사를 하며 지나갔다. 그 애는 우리를 향해 정겹게 웃으며 손을 들고 "생큐"를 외쳤다. 어리둥절해진 우리는 혹시 아는 사람이 아닌가 생각을 했을 정도다.

그밖에도 친절은 계속된다. 길을 가다가 지도를 펼쳐본다거나 마켓에서 물건을 고를 때 그렇다. 지나가다 도와줄까 묻는 이들이 너무 많아 일일이 인사하며 대답하기가 귀찮다. '제발 우리에게 신경 좀 꺼주세요'라는 팻말이라도 목에 걸고 싶은 심정이다.

한번은 은서가 휴대전화를 잃어버렸다. 아내가 은서의 번호로 전화를 걸어보니 곧 한 여성이 받았다. 길에서 휴대전화를 주은

그녀는 누군가 가져갈까봐 전화기를 주워 챙겨두었다고 한다. 그녀는 우리와 파월 북스에서 만나 전화기를 전해주었다. 그녀는 예전에 휴대전화를 길에서 잃었는데 못 찾았다고 했다. 그러고는 그때 결심했다고 한다. 누군가의 휴대전화를 줍게 되면 반드시 만나서 전해주기로.

물론 이곳 사람들이 다 그렇다는 건 아니다. 여기도 사람 사는 곳이라 별의별 사람들이 다 있다. 불친절이 하늘을 찌를 것 같은 인간도 있고, 길에서 큰 소리로 싸우는 이들도 있다. 북쪽 거리에선 총소리도 들리고, 다리 밑에선 시체도 발견된다.

하지만 그래도 이 도시에는 전체를 아우르는 밝은 분위기란 게 존재하는 것 같다. 그런 순수한 친절함의 영향으로 이곳에선 우리도 저절로 그렇게 되는 거 같다. 폴랜식의 유별나지만 노력하는 친절은 받는 사람이나 주는 사람 모두 기분이 좋아지게 한다. 친절해지고 밝아지는 건 전염되고 중독된다.

P.S. 위험한 곳?

사람 좋기로 유명한 폴랜이지만 항상 모두가 친절하고 아름다울까? 인간이 사는 곳인데, 그럴 리가. 이곳에 오기 전 아는 분은 우리에게 앨버타 스트리트에서 더 올라가는 북쪽 지역은 주의하라고 당부했다. 그쪽은 정말로, 아주 안전하다고 말할 수는 없어 보인다. 뉴스를 통해 접한 총기사고는 모두 그쪽에서 일어났다. 하지만 다른 지역들도 마냥 안전하다고 할 수는 없다. 상대적으로 주변의 다른 대도시보다 안전하긴 하지만 방심할 수는 없다. 보통 백인들은 유색인종이 위험하다며 짙은 피부색의 사람들을 경계하곤 하지만, 우리가 보기에는 백인들도 위험하기는 마찬가지다. 어쨌거나 강력범죄는 백인들도 똑같이 저지르니까. 게다가 불행히도 오리건 주 폴랜은 2015년 미국 도시 중 인종차별이 가장 심한 도시 1위로 뽑히기도 했다.

기다리고 기다리다

사람들은 저마다 자기만의 시계를 가지고 있다. 모양도 보는 법도 제각각이지만 시계를 가진 건 분명하다. 누구나 시계를 가지고 있지만 그 시계 관리는 순전히 자기 자신의 몫이다. 그걸 보든, 버리든, 분해하든, 뭘 해도 상관은 없다. 고장이 나는 것도 자기 책임이고 잃어버려도 하는 수 없다. 중요한 건 누구나 하나씩 있긴 있다는 거다.

내 시계는 항상 제자리에 있기는 한데 싸구려 전자시계처럼 시간이 점점 더 빨리 가는 것 같다. 누가 전자시계를 발명했는지는 모르지만, 나와 비슷한 종류의 인간일지도 모르겠다. 건전지가 닳을수록 시계가 점점 더 빠르게 가도록 만들었으니까. 그는 아마도 나처럼 약속에 늦을 바에는 차라리 먼저 가 기다리는 게 낫다고 생각한 사람이었을 게다.

나는 약속 시간을 잘 지키는 편이긴 한데, 매번 약속 시간보다 먼저 나가는 바람에 상대를 곤란하게 만들곤 한다. 사실 이건 약속에 늦는 것만큼이나 손실이 많다. 약속 시간보다 한 시간씩 일찍 나가서는, 정시보다 몇 분 늦은 사람을 나무라는 식이다. 내가 생각해도 정말 황당하고 이해가 안 되는 행동이지만, 이것도 잘

고쳐지지 않는다. 변명하자면 남들보다 빠른 시계를 가지고 태어난 것이다.

그런 빠른 시계를 가지고 태어난 이의 최대 약점은 항상 분주하고 고달프게 살 수밖에 없다는 사실이다. 그래서 그 방편으로 생각해낸 게, 일부러 시계를 볼 필요가 없게 만드는 거였다.

여행이 그랬다. 책상에서 멀어져 일을 멀리하면 그나마 좀 나아질까 여겼다. 항상 초조하게 시계를 들여다보는 삶에도 신물이 났다. 하지만 여행을 다니면서도 여전히 나는 초조해하기 일쑤였다. 여행지에서도 지켜야 할 시간과 하고 싶은 일은 넘치게 마련이니까. 그나마 여행지에서는 나 자신보다 여행지에서 만난 사람들 덕분에 느리게 살기가 가능했다. 제 아무리 뭔가 빨리 일을 처리하고 싶어도, 주변에서 안 도와주면 어쩔 수가 없다. 기다리고 또 기다리는 수밖에.

그러나 내심 그게 좋았다. '어쩔 수 없다'는 점이 나를 드디어 쉴 수 있게 해주었다. 처음에는 그런 상황이 불안하고 적응이 잘 안 되었지만, 언젠가부터 그것을 조금씩 즐기게 되었다. 점점 포기해야 할 것은 빨리 포기하기 시작했다.

내가 떠나온 서울에서는 모든 것이 너무 빨라서 더 그렇게 느

껴졌겠지만, 이곳 폴랜 사람들은 정말이지 느리다. 그리고 당연하지만 여유롭다. 내 눈에는 생활 속의 모든 것들이 너무 굼떠서 슬로모션을 보는 것만 같다. 우체국에서도, 마켓에서도, 식당에서도, 내 기준으로는 너무 느려 터졌다. 처음에는 이런 사람들이모여서 어떻게 아이폰 같은 걸 만들었을까, 어떻게 세계 최고의 대국이 되었을까 의문이 생길 정도였다. 하지만 얼마 지나지 않아 곧 알게 되었다. 이곳의 느림에는 이유가 있다. 그건 순서를 지키는 것이고 정확하게 일하는 것이리라. 차례를 지키고, 법을 지키는 것이 가장 능률적이고 바른 방법이었다.

어느 날 자전거를 타고 스틸 다리를 건너고 있는데, 다리 위 신

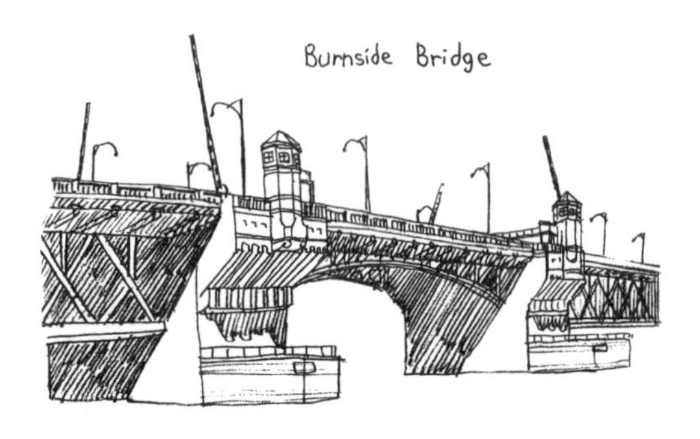

호등에 빨간불이 켜졌다. 배가 다리를 통과하려는 것이다. 다리를 건너던 사람과 자전거, 차 들이 일제히 멈추어 섰다. 다들 다리 위에 한 줄로 길게 늘어섰다.

곧 다리의 중간 부분이 들어 올려졌다. 그런데 다리 아래로 지나갈 배가 보이지 않았다. 분명 배가 지나가게 하려고 다리를 들어 올렸을 텐데 배가 보이지 않았다. 한참을 두리번거리는데 저기 멀리서 작은 요트 하나가 다가오는 게 보였다. 배의 크기는 작지만 돛대가 다리의 높이를 아주 조금 넘어섰다. 기껏 해봐야 다섯 명 정도 타는 배가 지나가게 하려고 수십 명, 어쩌면 더 많은 이들이 다리 위에 서서 십 분이 넘게 기다린 것이다.

그들에게 배에 탄 사람의 숫자는 중요하지 않았다. 단지 교통신호등이 바뀐 것처럼 그저 배가 지나갈 순서가 되었던 것이고 모두 그렇게 불평 없이 기다렸다. 일에는 순서가 있고 법이 있다. 그걸 원칙으로 지키는 게 이곳 사람들의 가장 큰 힘이 아닐까.

P.S. 내가 좋아하는 네 개의 다리

폴랜 시내 중심부 윌래밋 강에는 총 열한 개의 다리가 있다. 가장 북쪽에 있는 세인트 존스 다리는 아름다운 고딕양식의 초록색 다리로, 건설할 당시에는 세계에서 가장 긴 현수교였다. 여름에는 다리 아래 있는 아름다운 작은 공원, 커시드럴 공원Cathedral Park에서 재즈 페스티벌이 열린다.

달리기를 할 때마다 건너는 두 개의 다리도 무척 아름답다. 첫 번째 스틸 다리는 이층 구조의 철제 다리로 세계에서 유일한 이층으로 된 승개교(케이블 시스템으로 오르내리는 다리)다. 달리기를 마치고 집으로 돌아오는 길에 있는 틸리컴 크로싱은 2015년 여름에 완공한 가장 젊은 다리다. 환경 친화형으로 공공교통과 보행자, 자전거만 이용할 수 있다. 마지막으로 호손 다리는 세계 최초의 승개교로 미적 가치가 높은 다리로 손꼽힌다. 백 년도 더 된 오래된 다리지만 관리를 잘해서 아직도 잘 이용되고 있다.

Steel Bridge

Tilikum
Crossing

Hawthorne
Bridge

보물섬

예전에는 여행 중 우연히 들어간 가게에서 혼이 빠져나가는 것 같은 느낌이 들 때가 많았다. 골목길을 걷다 그런 신나는 곳을 만나면 마치 꿈속에서나 봤던 장소를 실제로 방문한 것 같아 황홀했다. 내게는 특히 레코드 가게나 중고 책 가게가 그랬다. 오래된 책과 레코드 들이 세월의 곰팡내를 풍기는 곳. 그런 것들이 산처럼 쌓여 있는 가게에서 몇 시간을 몰입하다보면, 때때로 보석 같은 물건들을 발견할 수 있었다. 그렇게 신기하게 구한 물건들은 오랫동안 만지고 느낄 수 있는 소중한 추억의 부속품이 된다. 그 물건들을 들여다볼 때마다 모락모락 당시의 기억이 되살아난다. 관광지에서 산 다른 흔하디흔한 기념품과는 가벼이 비교할

수 없는, 그런 혼자만의 '역사적인' 물건이 되는 것이다. 평소 비싸고 화려한 물건을 질색하는 아내도 그런 우리만의 기억을 담은 물건만은 예외다. 아마도 둘이서 그렇게 손발이 맞았기에, 내 창고에는 결국 그런 물건이 산처럼 쌓이게 된 것이리라. 우리 집이 (보물)창고처럼 된 것이 모두 내 책임만은 아니라고 말하고 싶다.

하지만 언제부턴가 낯선 여행지에서 그런(보물섬에 막 도착한 짐 호킨스Jim Hawkins 같은) 기분이 들게 하는 곳을 발견하기가 쉽지 않다. 불과 몇 년 전과도 '여러 가지'로 세상이 바뀌었다. 모바일로 중고 책과 오래된 레코드를 당장 검색해 구입할 수 있는 시대에 우린 살게 된 것이다. 그 결과로 가장 많이 바뀐 것은 아마 나 자신일 것이다. 이제는 예전처럼 낯선 곳 어디서든 그런 장소를 발견해도 흥분할 일이 거의 없다.

그런 장소, 물건에 익숙해지다보면 아무래도 '고물상 주인 같은 눈'을 갖게 된다. 눈으로 한번 죽 훑어보고는 '음, 여긴 레벨이 이 정도로군' '거긴 그저 그런데?' '흠, 저긴 조금 낫군' 이런 식으로 조금 재수 없는 인간이 되고 마는 것이다. 기가 찰 노릇이다. 뭐든 한쪽을 파서 전문가처럼 된다는 게 그리 좋은 일만도 아닌 것 같다.

이렇게 나처럼 멋모르고 건방져진 사람들을 압도할 수 있는

가게는, 역시나 규모가 큰 가게다. 너무 크고 양이 많아서 도저히 한눈에 스캔이 안 되는 곳, 하루 이틀 안에 다 보고 평가할 수 없는 곳. 이곳에 도착해 처음 반한 곳이 '파월 북스Powell's City of Books'였다.

폴랜의 파월 북스는 책방이기 이전에 일종의 관광 코스다. 폴랜에 잠시 들른 관광객들은 사실 다운타운에서 별로 볼 게 없다. 하루 이틀 정도 경유한다면 브루어리에서 맥주 한잔 마시고 근처를 어슬렁거리다가 '에잇! 시시하다, 볼 거 하나 없네!'라고 말하고 차라리 주변의 자연을 즐기러 떠나는 편이 좋다. 도시 자체가 워낙 작고, 콕 집어 이렇다 할 자랑거리랄 게 없으니까. 실제로 같은 값이면 주변의 자연경관을 구경하거나 큰 도시로 향하라고 추천하고 싶을 정도다. 하지만 어쩔 수 없이 그래도 여기 다운타운에 하루 이틀 있어야 한다면, 당연히 맨 처음 추천하는 장소는 파월 북스다. "그럼 거기라도 가보세요, 파월 북스." 이렇게.

파월 북스는 1971년에 처음 문을 열었다. 1970년 시카고에서 책방을 연 아들의 영향으로 아버지 파월 씨가 고향 폴랜에 차린 책방이었다고 한다. 처음에는 작은 책방으로 시작했지만 점점 규모를 키워 지금은 한 블록 전체가 책방 건물이다. 주변 건물을 하나둘씩 사들이고 연결해, 거대한 미로 같은 책방 블록이 완성되었다.

책방은 각 주제별로 색을 정해 책을 진열했다. 노란색 방은 유아 코너, 보라색 방은 미술 코너, 이런 식이다. 계속 이어지는 색색의 방을 돌아다니면 정말로 책의 궁전 혹은 미궁 라비린스 Labyrinth에 와 있는 느낌이 든다.

파월 북스가 성공한 가장 큰 이유 중 하나는, 새 책과 중고 책을 함께 진열한 것이다. 요즘은 그런 책방이 많아져서 당연히 그런 거 아닌가 하고 생각하지만, 당시로서는 무척 신선한 방식이었다. 일반적으로 책방의 일층, 가장 잘 보이는 곳에는 새로 출간한 유명 저자의 책 혹은 베스트셀러가 전시되게 마련이다. 파월 북스도 마찬가지인데, 다만 그 옆에 중고 책도 함께 진열한다. 물론 더 저렴한 가격으로. 각각의 코너도 마찬가지다. 새 책 옆에는 초판, 사인판 등이 함께 꽂혀 있다. 모두 다른 가격으로. 말하자면 아마존의 실제 책방 버전이라고나 할까.

최근 오프라인 서점을 늘려가고 있는 아마존이, 거금을 주고 파월 북스를 사겠다고 제안했다고 한다. 결국 결렬되었는데 파월 북스의 이름을 그대로 유지하고 싶었던 파월 북스 측의 의견이 받아들여지지 않았기 때문이라고. 세상에는 돈보다 중요한 게 많다는 걸 보여준 사례다.

어느 날 파월 북스에서 책을 뒤지다 잊었던 오래된 기억이 되살아났다. 1981년, 당시 대학생이던 막내삼촌은 중학생이 되는 나를 데리고 교보문고에 갔다. 교보문고는 그해 문을 열었다.

나와 아홉 살밖에 차이가 나지 않던 막내삼촌은 우리 집에 올 때마다 항상 내 노트 검사를 하고 숙제 검사를 했다. 그러고는 항상 공부에 관한 잔소리만 하다가 돌아갔다. 학교 공부를 끔찍이 싫어하던 나는, 삼촌이 오는 주말이면 벨소리가 울릴 때마다 몸이 움츠러들곤 했다. 더 어릴 때는 정말 잘 놀아주는 삼촌이었는데 내가 초등학교 고학년이 되자 얼굴을 싹 바꾼 것이다. 삼촌은 세상에서 가장 중요한 일이 공부라고 했다. 옛날의 삼촌이 그리웠다. 중학생이 된 어느 날 삼촌이 집에 오더니 같이 나가자고 했다. 그러고는 자신의 낡아빠진 포니를 몰고 무악재 고개를 넘어 광화문에 있는 교보문고로 나를 데리고 갔다.

교보문고의 첫인상은 어떻게 지하에 이런 큰 책방이 있을 수 있을까 하는 거였다. 눈이 휘둥그레질 정도로 크고 깨끗하고 미로 같았다. 그리고 무엇보다 책이 많았다. 나는 책 냄새가 좋았다. 그런데 삼촌은 내가 책방을 제대로 구경도 하기 전에 두꺼운 책을 한 권 사서 내게 떠안기고는 나가자고 했다. 중학교에 갔으니 공부 열심히 하라고 사주는 거라고 했다. 그 책은 칼 세이건Carl Sagan의 《코스모스Cosmos》였다. 하지만 중학교에 막 올라가는 아이가 그걸 읽고 무슨 생각을 했겠는가.

'코스모스가 우주라는 뜻이었구나, 꽃 이름이랑 똑같네.'

나는 무슨 말인지 도통 모르겠는, 그 사전같이 두꺼운 책이 영 별로였다. 그보다 그 거대한 지하 책방의 모습이 눈에 아른거렸다. 그 책방에 다시 가고픈 생각뿐이었다. 얼마 뒤 나는 혼자서 버스를 타고 그곳에 갔다.

그곳에서 가장 좋았던 섹션은 외국서적 코너였다. 지금 생각해도 놀라울 정도로 거기에는 신기한 외국 그림책이 많았다. 당시에는 우리나라 그림책 시장이 정말이지 열악했다. 외국의 유명 그림책 작가들은커녕 그런 책이 아예 존재하는지도 모를 때였다. 그곳은 내게 보물섬 같은 곳이었다. 나는 거의 매주 주말이면 교보문고에 가서 몇 시간씩 그림책을 구경했다. 당시 내게는 그 책 가격들이 엄청나게 비쌌고, 그래서 아무리 좋아도 살 수는 없었다. 하지만 그곳은 책을 본다고 누구 하나 뭐라 하지 않는, 말하자면 내겐 도서관 같은 곳이었다.

파월 북스에서 몇 시간이고 미로를 헤매며 책을 보다가 문득 중학생 시절의 내 모습이 떠올랐다. 이제는 새로운 경험보다 과거의 추억을 떠올리며 즐거워할 나이가 되었다. 하지만 그건 그것대로 좋다. 이렇게 책방에 대해 쓰고 앉았으니 당장에라도 파월 북스에 다시 가고 싶어진다. 책으로 쌓은 미로의 성 같은 그곳은 정말로 그 이름을 자판에 두드리는 순간 당장 달려가고 싶어지는 그런 책방이다. 파월 북스와 함께 살아가는 이 도시의 사람들은 얼마나 축복받은 사람들인가.

P.S. 파월 북스

파월 북스의 가장 큰 특징은 역시 빈티지 책을 새 책과 함께 진열하는 점이다. 단순히 헌책이라고 하기가 곤란한 게 초판이라던가 저자의 사인본은 새 책보다 비싼 경우도 허다하기 때문이다. 그래서 같은 책이 여러 권 꽂혀 있는 경우에도 요모조모 일일이 확인해보고 구입하는 게 좋다.
신간의 경우에는 섹션을 담당하는 직원의 코멘트를 참고하는 것도 좋은 방법이다. 아무래도 해당 분야의 서적을 담당하는 전문가가 추천하는 책이라 펼쳐보면 흥미로운 책이 꽤 많다.
어린이 책의 경우에는 먼저 읽은 어린 독자들이 추천사를 붙여두기도 하는데 손으로 직접 적어둔 글을 찾아 읽어보는 게 참 즐겁다. 삼층에는 만나기 힘든 책을 따로 모아둔 방(레어 북 룸Rare Book Room)이 있는데 각종 초판본과 희귀본을 전시 판매한다. 큰 기대를 할 필요는 없지만 안 보고 지나치면 조금 섭섭하다 하겠다. 거기 들어가기 위해선 옆에 있는 안내데스크에서 출입증을 받아야 한다.
참, 삼층으로 연결되는 계단 중간에 붙어 있는 작은 칠판에서 이달의 초대 인사들의 이름과 초대 날짜도 꼭 확인하자. 생각하지 못한 스타 작가를 만날 수도 있다. 파월 북스는 미국 최대 규모이다보니 유명 작가들이 신간 홍보를 위해 북미 투어를 할 때 절대로 빼놓지 않고 들르는 책방이기도 하다.

www.powells.com

재즈의 도시

좋아하는 재즈 아티스트를 말해달라고 하면 누구 한 명을 꼭 집어 말할 수가 없다. 하지만 가지고 있는 음반의 수로 누구의 음악을 많이 듣는지 말할 수는 있을 거 같다. 그건 어쨌든 숫자로 셀 수 있으니까. 그렇다고는 해도 가지고 있는 음반을 아티스트별로 세어본 적이 없다. 체계적으로 정리하지도 않았다. 실은 몇 번을 정리했는데 결국 다시 뒤죽박죽되고 말았다. 그러니 음반의 수 역시 모호하다.

그냥 가장 많이 가지고 있는 음반이 누구의 것일까 어림짐작해보니, 역시 가장 먼저 순위에 오르는 건 쳇 베이커Chet Baker다. 그의 음반을 가장 오랫동안 모아온 거 같다. '아슬아슬하고 궁상

맞지만 미워할 수 없는 슬픔.' 당장 생각나는 대로 적은 쳇 베이커 음악에 대한 느낌이다. 그의 음악에는 '대단한 위대함' 같은 건 없지만 '인간미'가 있다. 아니 어쩌면 '인간미라기보단 비교적 기교 없는 스트레이트한 연주'가 그의 스타일에 더 근접한 표현일지도 모르겠다. 아름다운 휴머니티의 인간성이 아니라, 연약하고 깨지기 쉬운 한없이 가벼운 인간미다.

올 봄에 에단 호크Ethan Green Hawke가 쳇 베이커로 분한 영화가 개봉해 보러 갔었다. 크게 흥행할 종류의 영화는 아니었는지, 다운타운에 있는 예술영화 전용 소극장 같은 곳에서 상영했다. 좌석이 스무 개 남짓인 아주 작은 극장이었다. 에단 호크는 쳇 베이커와 전혀 안 닮았다고 생각했는데, 영화를 보다보니 그가 바로 쳇 베이커인 것 같았다. 신기했다. 그나저나 에단 호크가 쳇 베이커를 연기하다니, 오래 살고 볼 일이다. 보면 볼수록 정이 가는 배우가 내가 좋아하는 재즈 아티스트를 연기하는 것도 일종의 행운이라면 행운이다.

두 번째로 많은 음반은 잘 모르겠다. 마일스 데이비스Miles Davis와 클리퍼드 브라운Clifford Brown, 존 콜트레인John Coltrane, 델로니어스 멍크Thelonious Monk, 스탠 게츠Stan Getz, 니나 시몬Nina Simone 등의 음반이 거의 비슷비슷할 정도로 있(는 거 같)다. 쳇 베이커의 음반보다 많지 않다고 해서, 그들의 음악을 쳇 베이커보다 덜 좋아하는 건 아니다. 사실 질과 양은 전혀 다른 문제일 수도 있으니까. 그래, 순위 매기기 같은 건 그만두자.

2016년 '폴랜 재즈 페스티벌PDX Jazz and Portland Jazz Festival' 때 여러 공연장을 전전하며 재즈 공연을 구경했다. 내가 아는 유명인은 게리 피콕Gary Peacock과 존 스코필드John Scofield 정도였다. 하지만 그보다 오히려 트리뷰트 공연이 인상적이었다. 재즈 공연 전문 레스토랑인 '지미 막스Jimmy Mak's'에서 열린 존 콜트레인 트리뷰트 공연과, '앨버타 애비Alberta Abbey'에서 공연된 클리퍼드 브라운 트리뷰트 공연이 좋았다. 뭐랄까, 참신함보다는 애정과 존경이 느껴지는 따뜻한 공연이었다.

다른 이들은 어떨지 몰라도 내게 폴랜은 재즈의 도시다. 나는 일을 하면서도 놀면서도 언제나 재즈를 듣고 있다. 그리고 레코드 가게에선 항상 재즈 음반을 뒤지고, 걸핏하면 재즈 공연장에 같이 가자며 아내를 조른다. 뭐랄까, 폴랜에서 나의 재즈 사랑은 점점 더 깊어졌다. 언젠가 이 도시를 떠나게 되었을 때, 이곳에서 듣던 그 음악들을 다시 듣게 되면 어떤 기분이 들까. 아마 그 음악들과 함께 이 도시를 떠올리게 될 것이다.

P.S. 폴랜 재즈 페스티벌

http://pdxjazz.com에 들어가면 연간 공연 스케줄을 확인할 수 있다.

폴랜 재즈 페스티벌을 후원하는 인터넷 라디오도 재즈를 즐기기에는 안성맞춤이다.

앱스토어 검색창에 'kmhd jazz radio'를 입력해 폴랜 재즈를 들어보자.

호손 다리 위에서 1

아내와 함께 불꽃놀이를 보러 갔다. 마지막으로 불꽃놀이를 둘이 함께 본 게 이십 년 정도 전인 것 같다. 캐나다 밴쿠버였다. 어떻게 정확하게 기억하느냐면, 그 이후 불꽃놀이를 보러간 적이 한 번도 없었기 때문이다. 살다보면 우연하게라도 불꽃놀이를 볼 기회가 있을 법한데, 정말 한 번도 없었다. 매년 한강에서 하는 불꽃놀이 행사에도 가본 적이 없다. 불꽃놀이와 인연이 없었다라기보단 불꽃놀이가 아예 존재하지 않는 삶을 살아왔다고나 할까. 어쩐지 좀 멋없어 보인다.

이곳에서 우리가 살고 있는 낡은 아파트(아마도 근처에서 가장 오래된 고층 아파트인 것 같다)는 윌래밋 강을 향해 서남쪽으로 창이

나 있다. 실은 놀라울 정도로 전망이 좋다. 강 건너로 저 멀리, 언제나 만년설로 덮인 후드 산Mount Hood이 보인다. 해가 뜰 때의 장관은 몇 가지 단어로는 형언할 수 없을 정도다. 야경도 멋지다. 강줄기를 따라 5번 고속도로를 달리는 차량들의 불빛을 보고 있노라면, 영화 〈블레이드 러너Blade Runner〉의 한 장면을 보는 것만 같다. 실제로 야경을 보며 방겔리스Vangelis의 영화음악을 들었는데 안성맞춤으로 잘 어울렸다. 매일매일 이렇게 놀라울 정도로 멋진 창밖 풍경을, 집에 앉아 음악을 틀어놓고 IPA 맥주를 홀짝이며 감상하고 있다. 내가 이렇게 호사스러운 생활을 해도 되는 건가 하는 생각마저 든다. 재미있는 건 우리는 이렇게 멋진 풍경이 기다리는지도 모르고 이 아파트를 구했다는 거다. 처음 폴랜에 왔을 때 우린 '에어비앤비Airbnb'로 구한 숙소에 한 달 넘게 묵으며 집을 구하러 다녔다. 검색 앱에 의지해 이곳저곳을 살피던 중, 비가 꽤 많이 내리던 어느 날 이 아파트를 보게 되었다.

나와 아내는 최소한의 것들만 생각했다. 예산에 맞는 임대료가 가장 우선이었고, 주변 환경, 창의 방향, 세탁기, 주방, 욕실 등이 다음 순위였다. 그게 무엇이든 마음에 맞는 걸 구할 때는 항상 그렇듯, 나는 이곳을 보고 '바로 이 집이구나' 싶었다. 딸아이도 나와 마음이 딱 맞았다. 아내는 조금이라도 더 싼 집들을 보자고 했

지만, 아내 역시 이미 반쯤은 마음을 정한 눈치였다. 여러 가지 조건에 비해 우선은 임대료가 쌌기 때문이다.

그렇게 마음을 정하고 이사를 했다. 그리고 오랜만에 비가 내리지 않던 어느 날 아침, 우린 후드 산을 발견했다. "어라, 저거 후드 산인가? 저 산이 원래 저기 있었어?" 그 산은 오래전부터 거기 있었고, 우린 그제야 후드 산을 보고 감탄했다.

참 이상했다. 우리나라였으면 경관이 좋다고 임대료를 더 받았을 거다. 만약 그렇지 않더라도 임대할 이를 빨리 찾기 위해 장점으로 들먹였을 거 같다. "이렇게 전망이 좋은 집은 폴랜에서 구하기 정말 어렵습니다. 이 가격에 이 정도 집을 구하신 건 복권 당첨이에요!" 운운하면서. 그런데 이 집을 보여준 직원은 후드 산 이야기는 아예 꺼내지도 않았다. 비가 너무 많이 오는 계절이라 깜박 잊은 것이었을까(날이 안 좋은 계절에는 당연히 후드 산이 보이지 않는다).

아파트는 네 방면으로 집이 있는 직사각형 모양이다. 우리 집과 다른 방향의 집들은 풍경이 멋지기는커녕 햇빛도 잘 안들 것만 같다. 그런데 다들 아무렇지도 않은 것일까? 같은 집세를 내는데도? 정말이지 희한한 사람들이다.

불꽃놀이 이야기를 하다가 전망 좋은 집을 구한 사연을 늘어놓고 말았는데, 이야기를 하는 김에 하나 더 보탠다. 이 아파트에 이사하고 책상을 들여놓던 날이었다. 가구를 운반하던 나이 지긋하신 가구점 노인 두 분이 우리에게 말했다. "집에서 내려다뵈는 경치가 좋군, 여름에 불꽃놀이 할 때 창밖으로 불꽃놀이도 볼 수 있겠는데."

믿을 수가 없었다. 아니 그냥도 이렇게 좋은데 앉아서 불꽃놀이까지 볼 수 있다고? 이거야말로 말로만 듣던 금상첨화가 아닌가!

여름의 시작을 알리는 장미축제Portland Rose Festival가 시작되던 날, 우린 베란다에 앉아 강을 바라보며 불꽃이 터지길 기다리고 있었다. 하지만 불꽃놀이를 하는 워터프론트 공원 방면이 건물에 가려 하나도 보이지 않았다. "뭐야, 하나도 안 보여, 꽝꽝 폭죽 터지는 소리만 들리고 건물 사이로 연기만 보이는데?" "그 어르신들이 착각했었나보네." 우린 집 밖으로는 한 발자국도 나가지 않고 짐 날라준 사람들을 탓했다. 그렇게 큰 기대를 하고 기다린 6월의 불꽃놀이는 물거품이 되고 말았다.

호손 다리 위에서 2

아시다시피 7월 4일은 미국이 독립한 날이다. 불꽃놀이 하면 이날을 빼놓을 수 없다. 워낙 유명해서 불꽃놀이 같은 것에는 조금도 관심 없는 나도 알고 있을 정도다.

"이번에는 강변에 나가서 꼭 보자, 불꽃놀이." 내 불꽃같은 호들갑에 아내와 딸아이는 시큰둥했다. "생전 그런 거에는 관심도 없더니 갑자기 왜 그래?" "나 전에 친구랑 한강 불꽃놀이 축제 갔는데 사람만 많고 재미없었어. 힘만 엄청 들고 별로더라. 그냥 집에서 창문으로 보면 좋을 텐데. 꼭 나가서 봐야 해?"

둘의 반응에 나는 조금 창피했다. 외지에 나와서 촌스러워진 것일까, 아니면 그냥 내가 나이를 먹어 더욱 감상적이 된 것일까.

하지만 민망하단 생각과는 별개로 내 혀는 계속 돌아가고 있었다. "야, 우리 셋이 언제 또 함께 불꽃놀이를 볼 기회가 있겠냐. SNS에서 작년 사진 봤는데 끝내주더라! 정말 화려하고 멋져!" 아내는 '우리 셋'이란 말에 금방 설득당했다. 그러자 은서도 마지못해 같이 가주겠다고 했다.

'공원에는 워터프론트 블루스 페스티벌Waterfront Blues Festival 때문에 사람이 많으니까 다리 위가 좋겠다. 아니지, 만약 다리를 막으면? 차라리 강 건너가 나을지도 몰라.'

막상 당일이 되자, 은서가 감기 기운이 있다며 아침부터 흐느적거렸다. 어정쩡한 날씨 탓이다. 7월이 되었는데도 날씨가 오락가락이다. 아침저녁으론 가을 같고 낮은 한여름이다. 아니 꼭 그렇게 말할 수도 없다. 그냥 한겨울만 빼고 봄, 여름, 가을 세 계절이 하루 동안 번갈아 나타난다. 조금만 옷을 못 맞추면 금방이라도 감기에 걸릴 수 있는 날씨다. 은서의 감기가 심해 보이진 않았지만 하는 수 없이 불꽃놀이는 아내와 둘이서만 가기로 했다.

해가 늦게 지는 탓에 10시 10분부터 시작이라고 시 홈페이지에 불꽃놀이 스케줄이 인쇄되어 있었다. 9시가 넘어서 해가 지니까 생각보다 늦은 시간은 아니었다. 밖을 내다보니 이미 공원 쪽으로 사람들이 삼삼오오 걸어가고 있었다. 다들 담요나 이불을 하나씩 들고서. 저녁이라 긴팔을 입었는데도 날이 꽤 쌀쌀하게 느껴졌다. “저 사람들 봐. 담요로 감싸고 봐야 할 정도로 추운 건가?”

정말로 호손 다리 위는 꽤 추웠다. 다리는 보행자만 다닐 수 있게 바리게이트가 처져 있었다. 생각보다 더 많은 사람들이 모여 들었다. 나와 아내는 다리 중간에 있는 차선 분리대에 걸터앉았다. 어느 곳에서 불꽃놀이가 시작될지 알 수는 없었지만, 그냥 사람들이 향하고 있는 방향으로 앉았다. 춥다는 아내에게 가방에 있던 얇은 플라스틱 깔개를 펼쳐 망토처럼 묶어주었다. 따뜻할 정도는 아니지만 바람 정도는 막아줄 수 있었다.

‘늘 한가해 보이던 이 도시가 실은 이렇게 많은 사람이 사는 도시였던가’ 하는 생각이 들 정도로 다리 위에 인파가 몰려들 즈음, 드디어 기다리던 첫 축포가 올라갔다. 호손 다리 건너편 이스트 지역에서였다. “가만, 저 정도 거리면 집에서도 보이겠는데?” 6월의 장미축제랑은 위치가 달랐다. 은서에게서 문자가 왔다.

“아빠, 집에서도 불꽃놀이 다 보이는데?”

나의 두 번째 불꽃놀이는 그렇게 다소 황당하게 끝이 났다. 이번에도 아내와 둘이서. 화려한 불꽃들이 검은 하늘로 스며드는 것을 보며 빤한 생각을 했다. '저기 저 불꽃들은 우리네 인생을 닮았구나' 하고. 불꽃 하나하나, 순간순간이 소중한 밤이었다.

P.S. 연중행사 안내

매일매일 각종 행사가 끊이지 않는 폴랜. 날씨가 좋은 계절에는 몸이 세 개라도 모자랄 정도다. 여름에는 특히 음식, 술 관련 행사가 워낙 많아서 아무 때나 폴랜을 방문해도 쉬지 않고 먹고 즐길 수 있을 정도.

www.events12.com/portland에 방문하면 폴랜에서 열리는 각종 행사를 한눈에 볼 수 있다.

첫 책

내가 처음 책다운 책을 만들어본 건 대학에서였다. 입학하자마자 가입한 만화서클에서 만화잡지를 만들었다. 이를테면 일종의 동인잡지 같은 것이었는데, 부원들의 만화를 모아 일 년에 두세 번 마스터 인쇄로 몇백 부를 찍었다. 그러고는 학교 벤치 앞에 책상을 하나 두고 앉아서 일주일 정도 그 책을 팔았다. 책이라고 하기에는 조금 무리가 있었지만 잡지를 만드는 작업 자체는 즐거운 경험이었다.

대학을 졸업하고 광고대행사에 반년 정도 다녔는데 적응을 잘 못했다. 광고일보다 회사를 다닌다는 게 괴로운 경험이었다. 회사일이 조금이라도 일찍 끝나는 날이면 틈틈이 만화를 그렸다.

그렇게 그린 만화를 모아 회사를 관두고 내 돈으로 첫 책을 엮었다. '빨간 스타킹의 반란'이란 제목의 얇은 만화책이었는데, 반사회적인 내용이 대부분인 조금은 엽기적인 만화책이었다. 한심한 내용이었지만 그 책은 '이제 난 내가 하고 싶은 걸 하며 살겠다'라는 의지가 담긴 상징 같은 거였다. 말하자면 스스로 만화가로 데뷔를 한 셈이었다.

은서는 처음 이곳에 와서 힘들어했다. 두고 온 친구들이 그리울 때 외로움을 달래준 건 항상 가지고 다니는 작은 스케치북이었다. 은서는 그 스케치북에 매일매일 스쳐 지나가는 폴랜 사람들을 그렸다. 처음에는 서툴러서 크로키라기보다는 그냥 낙서 같은 느낌이었지만, 점점 나아졌다. 함께 누드 크로키를 하러 다닌 것도 도움이 되었다. 투박하지만 점점 자신만의 시선과 묘사를 찾아갔다. 우린 몇 달간 은서가 그린 그림들을 모아 작은 책을 만들기로 했다. 모으면 충분히 콘셉트가 있는 책이 될 만하다고 생각했기 때문이다. 책이란 건 사실 별게 아니다. 작은 메모와 기록들이 모이면 책이 된다. 일단 책으로 만들어지고 나면 그런 작은 삶의 부스러기 같은 단편들도 의미를 찾게 되는 것이다. 마법과도 같이.

시내를 다니며 봐두었던, 책을 만들 수 있는 여러 곳 중에 우리는 파월 북스를 선택했다. 그 책방의 이층에는 '에스프레소 북 머신Espresso book machine'이라는 기계가 있다. 복사기보다 조금 더 큰 사이즈로, 처음 책을 만들 때 요금은 조금 비싸지만 책이 필요할 때마다 한 권씩 인쇄할 수가 있다. 또한 온라인 유통도 된다. 책을 등록하면 세계 어느 곳에서든 에스프레소 북 머신으로 책을 출력할 수 있는 시스템이다.

다른 어디보다 우리는 파월 북스를 사랑했다. 백만 권이 넘는 책이 있는 아름다운 책방에 자신이 만든 책이 함께 진열되는 기쁨은, 결코 작은 것이 아니니까. 은서는 머리글을 쓰고 아내는 출판사 이름을 궁리했다. 나는 이십여 년 만에 책을 편집하고 디자인했다. 일주일 뒤 작업이 끝난 책의 데이터를 들고 책방으로 향했다. 에스프레소 북 머신은 딱 이십 분 만에

백 페이지짜리 책 한 권을 인쇄해 냈다(뜨거운 증기로 순식간에 뽑는 에스프레소 커피처럼 빠르게 책을 뽑는다고 해서 '에스프레소 북 머신'이라고 한다). 방금 나온 따끈한 커피 같은 책을 받아든 은서와 우리. 담당 직원도 이렇게 재미있는 책은 오랜만에 찍는다며 즐거워했다. 사실 에스프레소 북 머신으로 만든 책들은 대부분 텍스트뿐인 책이니까 그렇게 말할 만도 했다. 표지에는 손글씨로

제목 '폴랜 피플Portland People'을 적었고 그 아래 은서의 이름을 적었다. 가운데에는 자전거를 탄 한 쌍의 폴랜 사람 그림을 넣었다. 내가 고른 표지 그림이다. 뒷면에는 아내가 지은 출판사 이름을 적었다. '카비비 프레스.' 여기 오기 한 달 전에 갑자기 세상을 떠난 우리 막내 고양이의 이름을 땄다.

뭐든 적고 그려서 남긴다는 것. 그걸 한데 묶어 책으로 만든다는 것. 참 아름답고 신기한 경험이다. 누구나 즐겁게 책을 만들 수 있는 세상이라면, 누구나 스스로 만든 책 한 권씩을 가지고 있다면, 세상은 달라질 수도 있지 않을까?

파월 북스의 이층으로 올라가는 계단에 이런 문구가 적혀 있다.

"월트 휘트먼Walt Whitman, 거트루드 스타인Gertrude Stein, 베아트릭스 포터Beatrix Potter 그리고 D. H. 로렌스David Herbert Lawrence. 이들의 공통점을 아십니까? 그들 모두 자가 출판을 했습니다. 다음은 당신 차례입니다."

P.S. 에스프레소 북 머신

체류하는 여행지에서 얻을 수 있는 가장 좋은 기념품은 무엇일까? 직접 체험하고 손수 만든 무엇이 아닐까? 에스프레스 북 머신으로 책 만들기는 아래 사이트를 참고.

www.ondemandbooks.com

& 이후에 있었던 일

그랬던 에스프레소 북 머신이 사라졌다. 일 년 넘게 파월 북스에 진열되어 있던 은서의 책《폴랜 피플》도. 나름 잘 팔려서 담당 직원과 만날 때마다 인사를 할 정도로 친해졌는데 서운한 게 사실이었다. 올 9월에 일어난 일이다. 안타깝지만 폴랜도 그렇게 조금씩 변하고 있다.

비록 파월에서 책을 뽑을 수는 없지만 은서의 책은 사이트에 그대로 남아 있다. 전자책으로 받아볼 수도 있고 전세계에 퍼져 있는 에스프레소 북 머신에서 여전히 십 분 만에 책을 만들 수 있다.

아래를 참고.

http://net.ondemandbooks.com/odb/selfespress/odb0000001724

앨버타 거리에서

당연한 이야기겠지만 여기에도 동네마다 분위기라는 게 있다. 동네마다 색깔이 달라서 어디 산책이라도 나설 때면 '음, 오늘은 호손 거리에 가볼까?' 아니면, '오늘은 미시시피 거리Mississippi Street 쪽으로 가봐야겠다'는 식으로 그날그날 기분에 따라 마음에 드는 동네를 골라잡게 된다.

폴랜을 나누는 가장 큰 줄기는 윌래밋 강이다. 강을 기준으로 왼쪽이 웨스트West 지역, 오른쪽이 이스트East 지역 그리고 각각 노스North와 사우스South가 있다.

노스웨스트NW(Northwest) 지역은 최초로 도시가 건설된 지역이다. 당시에 가장 중요했던 기차역이 있고 그 주변으로 올드타운

과 차이나타운이 만들어졌다. 단어 그대로 가장 오래된 동네고 역사적인 곳이긴 하지만, 이제 오가는 이가 드물다. 오래전 기차역 주변에 있었을 활기는 이제 찾아볼 수 없다. 올드타운 아래로, 그러니까 사우스웨스트SW(Southwest) 지역에는 다운타운이 있다. 전형적인 상업 지역이다. 시청과 도서관, 미술관, 경찰청 등이 있고, 백화점과 나이키 매장, 애플스토어 같은 인기 있는 가게들이 몰려 있다. 하지만 뭔가 더 대단한 게 있을 거 같은데, 생각보다 규모가 작고 볼거리가 많지 않은 곳이기도 하다. 이곳에서야 비로소 폴랜이 얼마나 작은 도시인지를 실감할 수 있다고나 할까. 아참, 다운타운의 남쪽 끝자락에는 폴랜 주립대학Portland State

University도 있다. 우리가 지내는 곳은 폴랜 주립대학 근처의 오래된 아파트다. 대학 주변에는 공원과 나무가 많고, 무엇보다 무척 조용하다. 가장 좋은 점 중 하나는 토요일 오전에 대학 캠퍼스에 파머스 마켓이 선다는 점이다.

올드타운과 붙어서 서쪽으로는 펄 지구Pearl District다. 고급 상업 지역이고, 시설 좋은 아파트들이 모여 있다. 펄 지구에서 405번 고속도로를 넘어 더 서쪽으로 향하면, 조금 더 서민적인 주택이 모여 있는 동네가 나온다. 그곳 23번가는 특히 분위기 좋은 식당과 상점이 밀집한 거리로 유명하다.

폴랜 시내는 꽤 작은 곳이라 이 정도로 설명이 끝난다. 쓰고 보니 역시 뭔가 이거다 싶은 건 없다. 당연하다. 실제로 그냥 작은 소도시다. 그래서 아무리 이래저래 유명한 도시라고는 해도 다른 도시에 비해 관광객이 유별나게 많지는 않다. 비가 덜 내리는 여름 몇 달간은 관광객이 확연히 늘기는 하지만. 물론 굉장한 인파로 느껴질 정도는 아니다. 이른바 성수기인데도 조금 썰렁하다. 관광객 대부분은 근처 이웃 도시에서 온 미국인과 캐나다인 들이다. 아시아나 유럽에서 온 단체 관광객은 거의 본 일이 없다.

장기간 체류하고 있는 입장에서는 이 한가함이 정말 좋다. 서

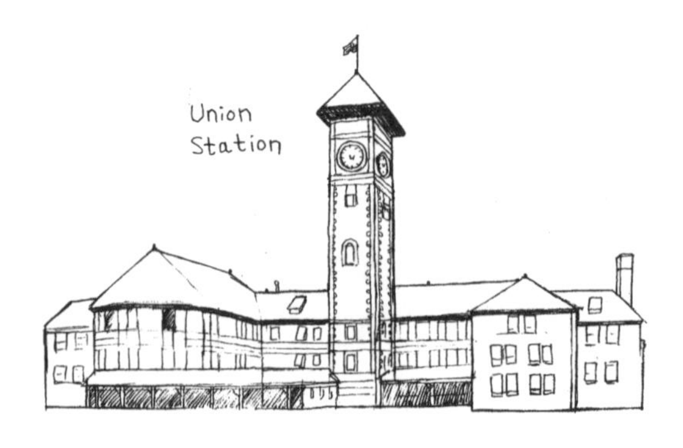

울에서는 전혀 느낄 수 없던 거니까. 요즘 서울에서 여유를 가지고 살려면 집 밖으로 나가지 않는 게 좋다. 적어도 나는 그랬다. 폴랜에선 저절로 느리게 살 수밖에 없고, 싫어도 자연과 교감할 수밖에 없다. 할 게 없어서 책을 읽게 되고 자전거를 타게 된다. 아무리 바쁘고 복잡하게 살고 싶어도 그럴 수가 없다. 도시의 장점을 누릴 수 있는 시골이랄까.

사실 미 서부를 지나다 잠깐 들러 다운타운을 어슬렁거린 뒤 폴랜을 봤다고 하는 건 무리가 있다. 어디든 그렇겠지만 폴랜은 특히 더 그렇다. 뭔가 볼거리가 새 모이 뿌려놓은 듯 도시 전체에 쫙 뿌려져 있는 느낌이랄까. 이곳의 동네들은 저마다 색깔이 있고 각각 그 자체로 소소하게 아름답다. 그런 느낌이 들게 하는 곳 중 하나는 윌래밋 강 건너 이스트 지역이다. 어쩌면 진짜 힙한 폴랜은 강 건너 이스트에 있다고도 할 수 있다.

상대적으로 넓은 이스트 지역은, (내 느낌으로는) 광활한 평지에 가깝다. 아마 서부 개척시대에는 말을 타

고 한참 달려야만 집 한 채를 겨우 발견할 만한 곳이었을 거다. 산 넘고 물 건너 끝없이 계속 달리면 결국 대서양이 보이는 동부의 작은 도시에 도착할 것 같은 느낌이다.

윌래밋 강을 따라 있는 동쪽 철로는, 오래전 주로 목재를 운반하던 운송로였다. 그 외에도 태평양을 통해 들어오고 나가는 물류들이 통과하는 지역이었기에, 동쪽 강변은 거의 창고 지역이다. 그 창고 지역에는 지금 브루어리와 각종 대형매장, 레스토랑 등이 들어서 있다. 물론 아직도 여전히 창고인 곳도 많다. 창고를 개조한 가게들은 널찍하고 단순미가 있어서 유난히 힙한 인테리어를 자랑한다.

이스트 지역에서 가장 인기가 많은 곳으로는 남쪽부터 호손, 미시시피, 앨버타 거리가 있다. 호손 거리에는 젊은이들이 좋아하는 빈티지 매장과 음반 가게 들이 몰려 있다. 미시시피에는 바와 공연장이 있고, 역시 신기한 가게들이 많다.

앨버타 거리는, 갤러리와 상점이 몇 개 있긴 하지만 다른 거리에 비해 상대적으로 이렇다 할 게 없이 조금은 썰렁한 편이다.

처음 도착했을 때 묵었던 곳이 앨버타 거리 쪽에 있는 에어비앤비 숙소였다. 앨버타 거리 쪽이 예술적인 분위기가 있고 물가가 싼 동네라 들었기 때문이다. 하지만 폴랜에 살고 있거나 살았

던 다수의 사람은 그쪽에 묵는 걸 적극적으로 말렸다. 앨버타 쪽은 우범지대라는 게 이유였다. 앨버타 북쪽은 흑인과 유색인종 주거지역이다. 하지만 우리가 에어비앤비를 통해 앨버타 근처에서 두 달 가량 있어본 결과는 좀 다르다. 어떤 곳보다 평화롭고 아름답고 사랑스러운 곳이다. 물론 사건사고가 없는 건 아니지만, 그 정도는 우리 집이 있는 서울 연희동에서도 일어난다. 첫인상 때문이겠지만 앞으로 우린 폴랜의 얼굴로 앨버타 거리를 가장 먼저 떠올릴 것 같다. 이 도시에 대해 아무것도 모르던 시절에 우릴 반겨준 동네기 때문이다. 만약 폴랜에서 더 오랫동안 살게 된다면 그곳에 살고 싶다.

나는 작고 아담한 이 도시가 좋다. 감당할 수 있는 만큼의 크기가 안정감을 준다. 폴랜은 생각했던 것보다 더 작은 도시이고, 그래서 살아보니 정이 간다. 나와 도시를 조화시킬 수 있다는 느낌이다.

여름 시즌 매달 마지막 목요일에는 '앨버타 스트리트 페어The Alberta Street Fair'가 열린다. 다른 행사들보다 상업적이지 않은 축제다. 따로 등록하지 않아도 누구든 길옆에 앉아 뭐든 팔 수 있다. 아마추어 아티스트들이 그림도 팔고 공예품도 판다. 뭐 이런 괴상한 걸 파나 싶은 것들도 꽤 있다. 괴짜 폴랜 사람들답게 좀비 복장을 하고 길을 행진하는 가족도 있다. 실로폰을 발로 차고 다니는 어설픈 좀비 아빠와 신음 소리를 내며 뒤따르는 딸과 아들. 소박하지만 귀엽고 재미있다. 모두가 즐겁다. 다음달 마지막 목요일에는 우리도 여기서 만든 천가방과 그림 몇 장을 들고 나가 볼 생각이다.

P.S. 앨버타 스트리트 페어

정보는 아래 사이트 참고.

http://albertamainst.org/whats-happening/street-fair

Portland

고양이와 함께 춤을

잠시 폴랜에 왔다가 그냥 눌러앉아 십 년이고 이십 년이고 살고 있다는 이들이 있다. 동부에서, 캐나다에서 온 이들도 있고, 멀리 유럽에서 온 이들도 있다. 나와 아내는 그럴 만하다고 생각했다. 이 도시의 환경, 소박한 매력과 평화로움에는 확실히 뭔가 특별함이 있다. 특히 우리처럼 복잡한 곳에서 평생을 살아온 사람에게는 더욱 그렇다.

나도 종종 그런 마음이 들었다. 몇 번이나 이곳에서 계속 사는 것도 나쁘지 않겠다고 생각했다. 하지만 어디까지나 우린 여행자일 뿐이라는 생각은 바뀌지 않았다. 이곳이 아무리 좋아도 집이 아니라는 마음이다. 삶의 터전을 바꾼다는 건 쉬운 일이 아니다.

우린 영원히 서울 연희동의 집을 그리워할 수밖에 없는 것이다. 한없이 즐겁다가도 문득 스며오는 이질감에 식은땀이 나기도 한다. 잠자리에 들어 눈을 감았는데 형광등 하나가 켜져 있는 느낌이 든 적도 있다. 사막이나 망망대해 한가운데에 홀로 떠 있는 기분이 들기도 하고. 그런 막연한 막막함이 슬며시 가슴속에 떠오를 때면 엉뚱하게도 '카프카'(유명한 작가 말고 우리 집 고양이)가 힘이 된다.

카프카와 함께 있으니 마음이 평화롭다. 안정감이 생긴다. 그가 있어서 여기가 곧 집이 된다.

이곳에 함께 오기로 했던 '카비비'(우리의 또 다른 고양이)는 십여 년을 살아온 집을 떠나기가 얼마나 싫었던지, 이곳에 오기 한 달여 전에 저세상으로 떠났다. 이 글을 쓰는 오늘이 꼭 일 년째 되는 날이다.

여행을 위해 예방주사도 맞고 비행기 예약까지 다 끝냈는데, 끝까지 마음을 고쳐먹을 수 없었던 모양이다. 거의 평생

을 살아온 집을 떠나기가 싫었던 게다. 그는 역시 항상 그래왔던 것처럼 지독한 고집쟁이였다. 그에 비해 카프카는 예의 왕성한 호기심으로 우리와 함께 멀고도 긴 여행을 떠나왔다. 그리고 지금 우리 옆에서 밥도 먹고 작업도 하고(논다는 뜻. 아내가 만들어준 장난감이 몇 가지 있다) 있다.

카비비가 떠났을 때 화장터 대기실에 앉아 깨달았다. 이들은 그저 흔한 반려동물이 아니라는 것을. 많은 반려동물이 실은 친인척보다 훨씬 더 깊은 관계라고 감히 말할 수 있다(하루 종일 친지들과 붙어 있을 수 있는 사람은 많지 않으니까). 카비비가 죽었을 때 우리는 헤아릴 수 없는 슬픔을 느꼈다. 미처 예상하지 못했던 고통이었다.

그를 보내며 아무리 행복하게 함께하는 인생이라 해도, 우리 모두 언젠가 헤어질 수밖에 없다는 사실을 다시 곱씹었다. 결국 폴랜을 떠나 집으로 돌아가야 하는 게 순리이듯 우리도 언젠가 헤어질 수밖에 없는 운명이다.

카프카와 함께 침대에 누워 그의 숨소리를 듣고 있으면 행복하다. 그의 털을 자른 이발기로 내 머리털을 자르는 게 즐겁다. 나는 그와 함께 공놀이를 하며 어린아이가 된다. 우리는 전생에 어떤 관계였을까 상상해보는 게 즐겁다(모르긴 몰라도 엄청난 애증

관계였을 것만 같다). 카프카의 파란 눈 속에 내가 있고, 내 눈 속에 그가 있다. 더 많은 시간이 흐른 뒤 우리가 이곳을 떠나 다른 곳에 있을 때. 오직 남은 것이라곤 기억밖에 없게 되었을 때. 폴랜에서의 행복했던 시간이 결국 흐릿한 폴라로이드 사진처럼 되었을 때에도, 우리 넷이 함께했던 기억은 남아 있기를.

호모 호더쿠스

문득 궁금해졌다. 도대체 이 도시에 있는, 아니 이 나라에서 유난한, 저 흔하디흔한 중고 물품 가게들(예컨대 중고 음반 가게, 빈티지 옷가게, 중고 가구 판매점 등)은 다 어떻게 가능한 것일까. 어떻게 저 많은 (낡아빠진) 물건들을 모아서 쌓아두고 팔고 있는 걸까. 실은 진작부터 궁금했다. 그런 가게들을 돌아다니다가 보게 되는 '미심쩍은' 물건들 때문에 더욱 그렇다.

도저히 남에게 돈을 받고 팔 수 없어 보이는 부실한 물건들. 너무 오래된 물건이라 삭아서 헐고 색도 바랬다. 가치가 없어져서 한참 전에 먼지와 함께 사라졌어야 했을 것 같은 물건들. 남의 집 쓰레기통에서 꺼내온 게 아닌지 의심스러워 보이는 그런 물건들이, 요즘 꽤 인기 있는(?) 복고 신상품들 사이에 놓여 있다. 슬쩍 가격표를 들춰보기라도 하면, 다른 새 물건과 가격표가 바뀐 게 아닌지 묻고 싶어진다. 그런데 진짜 문제는 우리가 그런 물건을 더욱더 가지고파 한다는 사실! 그렇다, 우리 같은 사람이 있어서 팔 수 있는 거로구나!

일 년에 두 차례씩 열리는 '(아메리카스 라지스트) 앤티크 앤 컬렉터블 쇼America's Largest Antique and Collectible Show'를 하루 종일 구경했다. 처음에는 정신을 차릴 수 없을 정도로, 눈이 휘둥그레질 정도로 신기하고 좋았지만 시간이 흐르면서 그 낡은 물건들의 모습과 냄새, 촉감에 완전히 기를 빨리고 말았다. 녹초가 되어 지쳐 돌아오는 트램 안에서 새삼 깨달았다. '아, 이 나라 사람들은 물건을 아예 버릴 줄을 모르는구나!'

그렇다. 미국인들은 아무것도 버리지 않는다. 꼭 미국인들만의 이야기는 아닐지도 모르겠다. 세계 어딜 가나 중고품을 취급하는 벼룩시장과 가게 들은 있으니까. 인간은 어쩌면 원래부터 아무것도 버릴 수 없는 동물인지도 모르겠다. 그러니까 이를테면 인간은 진화에 진화를 거듭해 드디어 '호모 호더쿠스(영어 단어 '호더hoarder'로 만든 조어)'가 된 것이다.

호더

저장 강박, 강박적 축적을 겪는 사람을 일컫는 말. 낡고 쓸모없는 물건이나 쓰레기를 집 안에 쌓아두는 행동을 반복하는 특징이 있다.

물건을 주워오는 행동을 '호딩hoarding'이라고 하고, 이런 호딩 행위를 반복하는 사람을 '호더hoarder'라고 한다. 호더는 가득 차 있는 물건을 통해 위안을 느끼기 때문에 집 안에 가져온 물건을 버리지 않는다. 심리학자들은 이런 행동의 원인을, 물건을 버림과 동시에 그 물건에 담긴 소중한 기억이 없어진다는 두려움 때문이라고 해석한다.

물론 가치 있는 물건들은 대대로 물려 쓰는 게 당연하다. 아직 쓸 수 있는 괜찮은 상태의 물건들을 버리는 건 낭비니까. 그런데 문제가 있다. '가치 있는 물건'이란 과연 무엇일까. 여기서부터 고민이 생긴다.

한 물건의 가치는 누가 정하는 것일까? 어떤 특정한 물건의 가치는 필요에 따라 누구나 정할 수 있다. 예를 들어 책상 위에 고무줄이 하나 있다. 내게는 하찮은 물건이다. 그런데 딸과 함께 국수를 먹으러 갔다가, 딸아이가 머리 묶을 고무줄을 찾는다면?

'아, 아까 그 고무줄을 챙겨둘걸' 하고 후회하게 된다. 매사가 이런 식이다. 누군가에게 전혀 가치 없는 물건이 다른 이에게는 꼭 필요한 물건일 수도 있다.

반드시 사람에 따른 문제라 할 수도 없다. 어떤 물건이 필요 없어져 버린 뒤, 나중에 그 물건이 절실히 필요해진 경험은 누구에게나 있을 것이다. 같은 사람에게도 상황에 따라 물건의 가치는 계속 변한다. 그런 경험치를 수도 없이 축적했는지(인간의 짧고도 긴 역사로 보건대 이젠 축적할 때도 되었다), 사람들은 언제부턴가 물건을 버리지 못하는 부류가 되어버린 것 같다. 버리지 못하는 것에 관해서라면 폴랜 사람들을 이길 수 없을 거다. 조금 다른 이야기지만 이곳에서는 식당에 가서 음식을 남기는 이를 본 적이 없다. 남으면 무조건 집으로 싸간다. 99퍼센트의 식당에 포장용기가 구비되어 있다. 그래서 작은 콩 한 알도 남으면 집에 담아갈 수가 있다. 당연히 음식물 쓰레기는 거의 발생하지 않는다. 길거리에서 음식물 쓰레기통 같은 건 볼 수가 없다. 다른 지역은 잘 모르겠다. 하지만 적어도 폴랜에선 그렇다.

이야기가 잠시 옆길로 샜는데 다시 물건에 관해서 이야기해보자. 이들은 존경심이 들 정도로 정말이지 아무것도 버리지 않는다. 어쩌면 그저 지리적인 이점 때문일 수도 있다. 이 나라는 땅

이 너무나 넓다. 아시다시피 우리나라와는 비교도 할 수 없을 정도다. 필요 없는 물건들을 크게 힘들이지 않고 산처럼 쌓아둘 땅이 있고 창고가 있다. 덕분에 물건들은 버려지는 법이 없이 고스란히 쌓인다. 그렇게 살아남은 물건들은 원래 주인의 손을 떠나 전문가의 손에 들어간다. 그리고 결국 돌고 돌아 원하는 사람에게 팔려가는 것이다. 주인이 계속 바뀌지만 영원히 사라지지 않는다. 이런 곳에서 모든 물건들은 영생을 얻는지도 모른다.

혹시 비비언 마이어Vivian Maier라는 사진작가를 아시는지. 그녀는 평생을 가난한 유모로 살며 취미로 사진을 찍었다. 번듯한 사진 전시회는커녕 아무도 그녀가 어떤 사진을 찍는지도 몰랐다. 그녀가 죽고 난 뒤 현상도 하지 않은 필름이 창고에서 잔뜩 발견되었다. 어떻게 그런 것들이 창고에서 발견될 수 있었을까. 아무도 버리지 않았기 때문이다. 그녀의 사진은 모두 그녀가 죽은 뒤 창고업자에 의해 묻지마 판매된 상자 속에서 발견되었다. 사실 그녀의 이야기는 아주 작은 예일 뿐이다. 세상에는 버려지지 않고 결국 수집되어 위대한 예술로 다시 태어난 사례가 넘쳐난다.

그런 위대한 예술혼에 관한 이야기까지는 아니더라도, 물건을 아껴 쓰고 돌려쓰고 물려서 쓰는 건 아름답다. 그건 일종의 인류애다. 사람들끼리의 나눔이다. 서로 자신에게 필요 없는 물건을 필요한 사람과 주고받는다는 건 서로의 빈 곳을 채워주는 행위다. 서로 기대고 정을 나누는 것이다. 덕분에 어떠한 인간의 창조물도 버려질 일이 없다. 어쩌면 이제 세상에 더는 새로운 물건이 필요 없는지도 모른다. 이미 지구상에 나와 있는 낡은 물건들만으로도 우린 더욱 인간답게 살아갈 수 있을 것이다.

P.S. 앤티크 앤 컬렉터블 쇼

폴랜에서는 일 년에 두 번 전국 규모의 투어 빈티지 쇼인 '앤티크 앤 컬렉터블 쇼'가 열린다. 상상을 초월하는 규모다. 상세 일정은 아래 사이트 참고.

http://christinepalmer.net

같은 곳에서 일 년에 한 번 '앤티크 오토 쇼'도 열린다. 우리는 같은 앤티크 쇼인줄 알고 갔다가 어마어마한 규모의 자동차 부품과 빈티지 자동차를 보고 입이 떡 벌어졌다. 옛 자동차 브로슈어부터 자잘한 부품, 자동차 관련 액세서리 등이 거대한 엑스포 센터 밖과 안을 꽉 채웠다.

토요일의 브런치

우리 가족은 폴랜 주립대학 바로 옆 아파트에 살고 있다. 우리나라처럼 캠퍼스가 명확하게 구획되어 있는 것이 아니어서 그냥 대학 안이라고도 할 수도 있다.

토요일에는 대학 캠퍼스 안에 있는 작은 공원에서 파머스 마켓이 열린다. 고풍스런 캠퍼스의 건물들과 큰 나무들, 마켓이 어우러져 마치 축제라도 열리는 듯 분위기가 좋다. 파머스 마켓은 일주일 내내 폴랜의 이곳저곳을 돌며 열리다가 토요일이면 이 대학에서 열린다. 아침 일찍부터 점심 끝 무렵까지 오픈한다. 해가 좋은 계절에는 여행객까지 더해져 뭘 사든 줄을 서야만 한다. 사람이 많을 땐 정상적으로 걷기가 힘들 정도다.

역시 이름 그대로 파머스 마켓farmer's market이라 농부들이 키운 각종 채소와 과일 등을 파는 가게가 제일 많다. 그밖에 육류 가공품, 와인, 사이다, 콤부차Kombucha, 달걀, 치즈, 주스, 케이크, 쿠키, 초, 꽃 등을 판다. 나머지는 당장 사 먹을 수 있는 음식을 파는 식당의 천막들이다. 음식을 사서 공원에 앉아 먹으며 파머스 마켓 전속 음악가들의 연주를 감상하는 게 이곳 사람들이 주말을 즐기는 방법 중 하나다.

전체적으로 채소나 과일 등의 가격은 상설 시장보다 조금 더 비싸다. 하지만 재배하고 만든 로컬들이 직접 가지고 나와 파는 것이니 싱싱하고 믿을 만하다. 폴랜 사람들은 서로가 서로를 무척이나 아끼고 챙긴다. 워낙 인구가 적어서인지 로컬들끼리 잘 뭉친다. 서로 팔아주고 사주고 즐기자는 분위기. 그게 농작물이든 예술작품이든 마찬가지다. 서로 팔고 사준다. 외부인의 시각으로 보면 좀 유별나다 생각할 정도다. 하지만 한편으론 이런 소도시에서 자신들끼리 안 챙겨주면 과연 누가 챙겨줄까 하는 생각도 든다. 무슨 가게든지, 유사한 물품을 파는 경쟁 가게들끼리도 서로서로 잘해보자는 분위기다. 파머스 마켓에서도 당연히 그런 게 느껴진다. 누가 물건을 사러 왔는지는 별 관심도 없고, 옆 천막이랑 서로 먹여주고 입혀주기 바쁘다. 왠지 조금 부럽다.

그런 파머스 마켓이 서는 토요일이면, 조금이라도 더 늦게까지 잠자리에 있고 싶어하는 아내와 딸아이도 아침부터 분주하다. 파머스 마켓이 하루 종일 서는 것이 아니기에 그렇다. 은서는 토요일 아침이 제일 신난다며 꽃단장을 하고 바구니를 챙겨 문을 나선다. 패션만으로 보면 거의 폴랜 소녀가 다 된 것 같다. 아내도 덩달아 신이 난다. 이런 둘을 보고 있으면 모녀라기보다 친구 같다.

나간 지 한 시간도 안 되어 둘은 바구니 한가득 음식을 담아 돌아온다. 빵과 치즈 그리고 체리나 산딸기 같은 과일은 빠지지 않는다. 이젠 단골집도 생겼다. 방금 만든 빵과 커피 그리고 제철 과일을 차려 늦은 아침을 먹고 있으면 이게 세상에서 제일 맛있는 브런치가 아닐까 생각하게 된다. 토요일 오전에 벌이는 우리만의 만찬이다.

P.S. 폴랜 파머스 마켓

PSU Farmers Market Band

정보는 아래 사이트를 참고. 한 주 내내 장소를 바꿔가며 열린다.

http://www.portlandfarmersmarket.org

날씨 때문에 1

일 년의 절반 동안 하염없이 내린 비가 마침내 그치고 펼쳐지는 폴랜의 여름 날씨는 황홀하다. 이곳은 7-8월 가장 더위가 심할 때에도 온도가 이십 도에서 삼십 도 사이를 오간다. 간혹 삼십 도가 넘는 날이 있어도 습하지 않고 바람이 솔솔 불어온다. 나무 그늘에 있으면 서늘함을 느낄 정도다. 심한 일교차에 감기에 걸리지 않으려면 아침저녁으로는 긴팔을 입어야 한다. 하지만 미국의 다른 지역은 전혀 상황이 다른 거 같다.

뉴스를 통해 보는 다른 주의 날씨는 끔찍할 정도다. 바로 아래인 캘리포니아 남부만 해도 점점 사막화가 진행되고 있다. 일 년 내내 물 부족에 시달린다. 가정집에서도 마당에 댈 물이 부족해

잔디를 없애고 자갈을 까는 집이 점점 늘고 있다고. 인터넷의 날씨 상황 지도를 보면, 한여름에도 건조한 로스앤젤레스 근교는 언제나 크고 작은 산불에 시달린다. 거의 매일 오리건 주 두세 곳의 산림이 불에 타고 있었다. 여의도 크기의 몇 배 정도가 탔는데 아직도 불길을 잡지 못했다는 뉴스가 수시로 들린다. 기온이 사십 도가 넘는데 비가 내리지 않고 건조하다면 불이 번지는 걸 쉽게 막을 수 없는 것도 당연하다.

뉴스에 따르면 우리나라 날씨도 심상치 않은 건 마찬가지. 폭염이 계속되어 아침 9시인데 기온이 사십 도 가까이 된다고 들었다. 그런 뉴스를 접하면 우리가 서울의 집에서 아주 먼 곳에 와 있다는 걸 새삼 깨닫게 된다. 서울에서의 그 더위와 습기를 내 몸은 벌써 잊은 것만 같다. 이래저래 얄팍하다.

일 년 중 비가 내리지 않는 아름다운 절반의 계절, 여름이 시작되면 폴랜은 몹시 분주해진다. 그냥 바쁜 정도가 아니라 거의 매일 새로운 페스티벌이 열린다. 에이, 설마 하겠지만 실은 그 정도도 아니다. 하루에도 몇 가지씩 페스티벌이 겹쳐 열린다. 꼭 가보고 싶거나 참여하고 싶은 걸 골라서 가야 한다. 그토록 푸르던 윌래밋 강변 워터프론트 공원 잔디가, 각종 행사를 채운 군중으로 인해 모조리 말라붙어 먼지가 풀풀 날릴 정도가 된다. 여름이면 워터프론트 공원에서 쉬지 않고 페스티벌이 열리기 때문이다(하지만 비가 많이 와서인지 행사가 끝나는 계절이면 불사신처럼 잔디는 다시 푸르게 자라난다).

실은 난 그런 놀이문화에 대해서라면 꽤나 게으름뱅이다. 서울에선 도대체 밖에서 하는 행사에 아무 관심이 없어서 아내에게 늘 핀잔을 들었다. 무슨 페스티벌이든 '너희는 할 테면 해봐라, 난 꼼짝 않고 방구석에서 나뒹굴 거니까' 하는 식이었으니 그럴 만도 했다. 그런 '애들' 축제에 놀러가는 건 이삼 년에 한 번 정도. 그것도 버티고 버티다 빠질 수 있는 뾰족한 수가 없을 때 하는 수 없이 가족들을 따라가는 거였다. 그런데 이곳에서 난 언제 그랬냐는 듯 얼굴을 싹 바꾸었다. 매일매일 오늘은 뭐 없나 인터넷의 스케줄을 기웃거린다. 일이 잔뜩 밀려 있어서 오전에는 내내 꼼짝없이 엉덩이를 붙이고 앉아 일을 해야 하지만, 오후만 되면 엉덩이에 날개가 달렸는지 자꾸만 동동 뜬다. 왜 난 이곳에 와 변한 것일까?

사실 페스티벌 때문이라기보다 순전히 폴랜의 날씨 때문이다. 이런 좋은 여름 날씨에 집에만 처박혀 있는 건 죄를 짓는 기분마저 든다. 그 정도로 폴랜의 여름 날씨는 사람을 지표에서 살짝 떠오르게 만든다.

이곳 사람들은 끝없이 비가 내리는 겨울에는 여름을 신나게 보낼 궁리만 하며 지내는 게 틀림없다. 그렇게나 많은 페스티벌도 놀랍지만 그냥 페스티벌도 아니고 괴상망측한 행사가 참 많다. 도대체 폴랜 사람들은 왜 이렇게 독특한 걸 좋아하는 걸까? 조금이라도 평범하지 않기 위해서 최선을 다한다는 느낌이다. 그리고 그 특이함이 몽땅 집약된 것이 폴랜의 페스티벌들이다.

OREGON BREWERS FESTIVAL 2016

날씨 때문에 2

지금은 8월 초라 이미 그럴듯한 큰 페스티벌은 많이 지나갔다. 비가 그치고 해가 나오기 시작하는 6월 그리고 본격적인 여름이 시작하는 7월에 페스티벌이 몰려 있다. 그간 있었던 흥미로웠던 행사를 꼽자면, '조용한 음악 페스티벌Quiet Music Festival(잠자는 거대환영)' '세계 누드 자전거 타기 대회World Naked Bike Ride' '가짜 영화제Faux Film Festival'를 비롯해 그밖에 '강 건너기 대회(물 위에 둥둥 떠서)' '남자 수염 대회' '여자 수염 대회' '아름다운 닭 선발대회' 등이 있다. 과연 '폴랜을 괴상하게 유지하자Keep Portland Weird' 라는 이곳 사람들의 슬로건에 어울릴 만한 페스티벌들이다. 제목만 들어도 흥미로운 행사들이지만, 그런 행사들의 정보를 미리

알지 못해 못 가본 게 많다. 언젠가 기회가 된다면 '조용한 음악 페스티벌'과 '가짜 영화제' '여자 수염 대회'와 '아름다운 닭 선발 대회' 정도는 가보고 싶다.

'세계 누드 자전거 타기 대회'는 미리 안 아내가 구경이라도 가자고 자꾸만 졸랐다. 하지만 아무래도 자신은 벗지 않고 남이 벗은 것만 구경하는 건 왠지 실례인 거 같아 그만두었다. 나중에 SNS에 올라온 이미지들을 보니, 가릴 곳은 다 가린 사람들이 꽤 보여 약간 실망했다. 그래서 나중에 팬티만 입고 한번 참가해볼까 생각하고 있다.

'강 건너기 대회'를 하는 날에는 아침부터 비가 꽤 많이 내리고

추웠다. 그렇다. 비가 안 내리는 계절이라고 해서 비가 아예 안 오는 것도 아니다. 그럼에도 참여한 사람들이 많아 놀랐다. 하긴 속옷이 젖을 정도로 비가 와도 우산을 안 쓰는 사람들이니까 강물 속에 들어가 머리에 비 좀 맞는 게 뭐가 대수겠는가.

일부러 날짜를 챙겨 찾아가서 좋았던 행사로는 '비건, 비어 앤 푸드 페스티벌Vegan, Beer&Food Festival'이 있다. 다른 페스티벌에 비해 입장료가 비쌌지만 원한다면 크래프트 맥주와 콤부차를 한없이 마실 수 있는 행사였다. 다들 그 점을 마음에 들어했지만, 실제로 사람이 마실 수 있는 맥주의 양이란 게 생각만큼 많지는 않

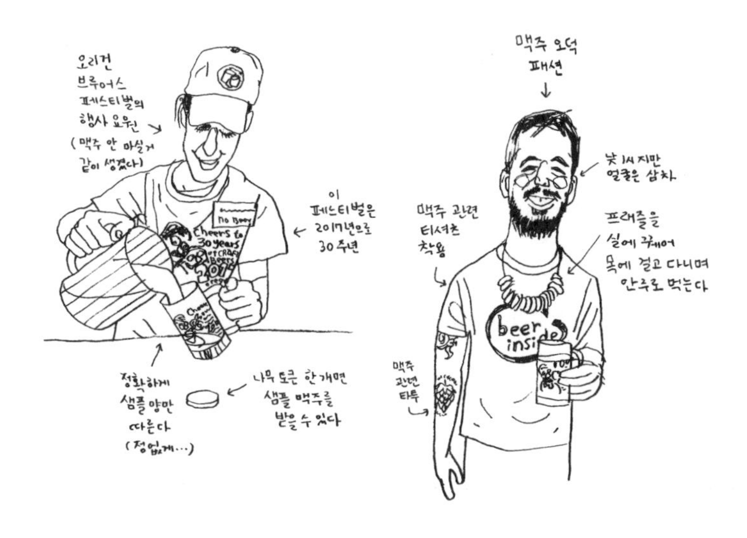

다. 나중에 보니 다들(심지어 우리도) 남은 맥주 쿠폰을 버리고 떠나는 분위기였다. 그보다 더 큰 맥주 행사인 '오리건 브루어스 페스티벌Oregon Brewers Festival'도 대단했다. 올해로 삼십 주년(2017년 기준)인, 폴랜에서 가장 큰 맥주 행사로 오리건 주의 크래프트 맥주는 물론 미 전역과 세계 각지에서 참여한 다양한 브루어리의 맥주를 맛볼 수 있다. 입장료 칠 달러를 내면 플라스틱으로 된 기념 맥주 컵을 하나 준다. 코인 하나에 일 달러인데 코인 하나를 내면 컵의 삼분의 일까지 맥주를 따라주고, 네 개를 내면 한 잔을 가득 채워준다. 맥주 행사이니만큼 시끌벅적할 거 같지만 수많은 사람들이 모여 맥주를 마시는 데도 의외로 조용조용하다. 아무튼 이곳 사람들은 어떻게든 예상을 뒤집는 데 일가견이 있다. 다만 행사장의 이 끝에서 저 끝으로 함성 물결이 불규칙적으로 오가는 게 전부다. 뭐랄까, 술 마시는 인간들치곤 매너가 너무 좋아서 약간 짜증이 날 정도다. 다들 맥주병이나 잔이 그려진 귀여운 애장품 티셔츠를 입고 와서, 벌건 얼굴로 조용조용 축제를 즐기는 모습이다. 덩치와 어울리지 않게 귀엽다. 이 축제에 오기 위해 한 해를 기다린 타 지역 관광객도 많았다.

맥주는 아무래도 IPA 종류가 입맛에 맞았다. 특이한 향과 괴상한 맛의 맥주도 많았는데, 특히 매운맛이나 피자 맛이 나는 맥주

는 정말이지 괴이했다.

결국 맥주 시음에 푹 빠져서는 행사가 열리는 닷새 동안 사흘이나 갔다. 그런데 맥주를 종류별로 다 마셔보지도 못했다. 인기가 많은 맥주는 사흘째 되던 날 모조리 동이 났기 때문이다. 내년에는 무턱대고 마시지 말고 좀 더 계획을 잘 세워야겠다고 생각했다. 계획까지 세워 맥주를 마시는 건 조금 창피하지만.

그밖에도 크고 작은 맥주 행사가 몇 개 더 있었다. 하지만 도저히 더는 다닐 엄두가 안 났다. 맥주 행사를 찾아다니다간 맥주만 퍼마시다 이 좋은 폴랜의 여름이 끝날 것만 같았다.

페스티벌 중에는 아무래도 음악 관련 행사가 많다. 폴랜 '워터프론트 블루스 페스티벌'이 우리가 구경했던 음악 페스티벌 중 가장 규모가 컸는데 '그냥 집에서 듣고 싶은 음악을 들을 걸' 하는 생각이 절로 들 정도로 힘이 들었다. 온전히 음악을 즐기기에는 사람이 너무 많았다. 게다가 블루스 음악의 폭이 그렇게나 넓은지도 새삼 깨닫게 되었다. 온갖 장르가 다 블루스를 자처했다.

누군가에게 추천하고 싶을 정도로 좋았던 페스티벌도 있다. 공교롭게도 둘 다 행사장이 다리 아래였는데 '피디엑스 팝 나우PDX Pop Now!'는 호손 다리 아래에서, '커시드럴 파크 재즈 페스티벌

Cathedral Park Jazz Festival'은 세인트 존스 다리 아래에서 열렸다. 둘 다 음악과 주변 환경이 아주 잘 어우러진 행사였다. 다리 밑의 길을 막고 인디밴드들 위주로 공연을 하는 '피디엑스 팝 나우'는 자유롭고 젊은 분위기가 무척 신선했다. 세인트 존스 다리 밑 공원에서 열리는 '커시드럴 파크 재즈 페스티벌'은 지역 축제 같은 느낌이었는데, 음악 자체가 대단하다기보다는 동네의 작은 공원에 앉아 편안하게 음악을 감상하는 분위기 자체가 꽤 운치 있었다. 단지 귀로만 음악을 듣는 것은 아닐 테니까.

여름의 폴랜은 페스티벌 그 자체다. 그냥 다운타운을 걷다가 건물과 건물 사이에서 음악 공연을 만나게 되고, 자전거로 강 건너 이스트 지역을 달리다가 골목길에서 열리는 작은 공예 페스티벌을 만나기도 한다.

여름의 끝 무렵이 되니 이젠 하도 많이 접해서 그런 걸 봐도 별 감흥이 없어지기까지 한다. '또 뭔가를 하고 있군' 하는 건방진 기분도 든다. 하지만 그런 마음이 들다가도 아침에 일어나 만년설이 덮인 후드 산과 맑고 푸른 폴랜의 하늘을 바라보면, 불끈 오늘도 최대한 인생을 즐기자고 마음먹게 된다. 이제 이렇게 좋은 날씨 속에서 페스티벌을 즐길 날도 얼마 남지 않았다는 걸 알기 때문이다. 어쩌면 반년 동안 그토록 많이 내린 비 덕분에 짧은 여름의 페스티벌들이 더욱더 아름다운 빛을 발하는 것 같다.

P.S. 여름 폴랜 페스티벌 정보

오리건 브루어스 페스티벌 www.oregonbrewfest.com

폴랜 워터프론트 블루스 페스티벌 www.waterfrontbluesfest.com

피디엑스 팝 나우 http://pdxpopnow.com

커시드럴 파크 재즈 페스티벌 www.jazzoregon.com/cpjazz

가짜 영화제 www.fauxfilm.com

세계 누드 자전거 타기 대회 http://pdxwnbr.org

조용한 음악 페스티벌 http://quietmusicfestivalofportland.com

강 건너기 대회 http://www.thebigfloat.com

비누 상자 자동차 축제 www.soapboxracer.com

수영장에서

언젠가 여행 에세이집을 내고 라디오 음악 프로그램에 게스트로 나갔을 때 받은 질문이다. "여행 다니시면서 어디가 가장 좋으셨어요?" 인터뷰를 하거나 독자들을 만날 때면 가장 많이 듣는 질문이다. 이리저리 여행을 다닌 것으로 알려져서, 아마도 내게 가볼 만한 곳에 대한 정보를 듣고 싶은 마음이었을 거다. 하지만 생방송 중 갑자기 그런 질문을 받았을 때 내 대답은 터무니없이 단순했다. 상대방의 그토록 간단한 의도를 알아차리지 못했던 것이다.

"홍해의 해변에 누워 바다를 바라볼 때가 가장 좋았습니다." 나는 별로 깊이 생각하지 않고 문득 그때가 가장 먼저 떠올라 그리 대답했지만, 질문을 던진 사람은 조금은 어이없어하며 허탈하게 웃었다. 어쩌면 정말로 솔직한 대답이었는데 그가 원하던 대답은 아니었던 거 같다. 솔직함이 모든 상황에서 답이 되는 건 아닐 테니까.

하지만 실제로 그런 곳은 내가 제일 좋아하는 여행지다. 햇살이 눈부신 한적한 바닷가에 누워 바다 냄새를 맡으며 좋아하는 책을 읽을 때, 이때가 가장 좋아하는 여행의 순간이다. 바다가 없다면 조용한 수영장도 좋다. 이상하게 아내와 은서가 질색하는 수영장의 염소 냄새도 나는 싫지가 않다. 아니 오히려 그 냄새에 조금 설렌다. 어려서부터 여름이면 염소가 잔뜩 든 수영장에서 살다시피 해서 그런 거 같다. 어린 시절, 나와 동생들은 여름이면 거의 매일 수영을 하러 다녔다. 그래서 지금도 수영장의 염소 냄새를 맡으면 어릴 적 기억이 새록새록 떠오른다. 세상만사 모르고 마냥 즐겁고 행복하기만 했던 그 시절이.

우리가 폴랜에서 살고 있는 낡은 아파트에는 작은 수영장이 있다. 처음 우리가 집을 알아볼 땐 비가 지독히도 내리던 계절이었다. 아파트를 안내하던 직원 리사는 우산을 받치고 비닐커버 위에 빗물이 고여 있는 수영장을 보여주며 아파트의 큰 자랑인 것처럼 뿌듯해했다(맞다. 리사는 창밖으로 후드 산이 보인다는 말도 하지

않았던 그 사람이다). 하지만 비가 엄청나게 내리는 쌀쌀한 11월에 여름날 야외 수영장이 어떤 모습일지 상상하긴 힘들다. 게다가 그 당시 우리에게 수영장 같은 건 집을 구하는 데 있어서 고려사항이 아니었다. 그러니까 수영장도 아침마다 창밖으로 보이는 초현실적 분위기의 후드 산처럼, 우연히 얻어걸린 거라는 말이다. 실제로 이사를 하고 반년 가까이 '도대체 저놈의 수영장은 뭐 하러 있는 걸까' 하는 생각을 할 수밖에 없었다. 그저 입주자를 늘이기 위한 구색 맞추기려니 했다. 오며가며 비닐 커버로 덮인 수영장 위로 매일같이 비가 떨어지는 걸 반년 가까이 보고 있으면 당연하게 드는 생각이다. '혹시 나중에 그냥 빗물을 받아 수영하는 걸까?' 하는 생각도 들었다. 그런데 여름이 오자 반전이 일어났다. 수영장은 이 낡은 아파트가 가진 거의 '유일한' 보물이었던 것이다.

수영장에 누워 햇빛을 받고 있으면 앞서 말했던 바닷가에서의 그 무념무상이 찾아온다. 책을 읽기에 가장 좋은 장소다. 이 수영장에는 오후 1시 정도부터 해가 든다. 수영장의 구조상 오전에는 아파트 그림자에 해가 가리기 때문이다(덕분에 해가 들기 시작하는 시간이 조금씩 바뀐다). 주말에는 사람이 많아 복작거린다. 어린이와 젊은이들로 넘쳐난다. 나는 사람이 드문 평일 1시에서 4시 정도까지의 시간을 가장 좋아한다. 사람 없는 수영장만큼 화려하고 고요한 것도 없을 것이다.

수영장에 누워 있으면 거대한 포플러 나뭇잎들과 오래된 아파트의 그림자 사이로 비추는 햇빛이 눈부시다. 길 쪽으로 난 낮은 담 너머로 소리 없이 미끄러지는 스트리트카의 윗부분이 보인다. 딸랑딸랑 전차의 방울소리가 정겹다. 그렇게 그곳에 누워 있으면 깨어 있지만 꿈을 꾸는 것 같다. 시간이 영원처럼 느껴진다. 나무들 사이로 솔솔 바람이 불어온다. 눈을 감고 시간이 흐르는 소리를 듣기에 그곳보다 더 좋은 장소는 없다.

& 이후에 있었던 일

그런데 정말로 수영장 물을 완전히 빼고 다시 받는 건 이 년간 보질 못했다. 며칠에 한 번씩 염소를 잔득 넣는 것만 보았다. 하긴 빗물이 그토록 깨끗하다고 믿는 이들이니 수영하는 것쯤이야.

스페이스 프로그램

이른 아침 아이팟을 켜고 인스타그램을 넘기는데, 팔로우하는 한 아티스트가 어디서 많이 본 장소의 사진을 올렸다. 폴랜 다운타운에 있는 소극장의 매표소를 찍은 사진이다. 그가 찍어 올린 건 매표소 옆에 붙은 상영 영화 포스터였다. 그는 최근에 찍은 자신의 다큐멘터리를 단 하루 동안 상영하러 어젯밤 뉴욕에서 폴랜으로 왔다고 적었다. 영화는 〈스페이스 프로그램Space Program〉. 아티스트 톰 색스Tom Sachs의 퍼포먼스를 담은 다큐멘터리 영화다. 오늘만 단 2회를 상영한다며 원하면 오라고 했다. 잠이 확 깼다. 노트북을 켜고 당장 표를 예매했다.

폴랜은 작은 도시지만 유명 인사들을 꽤 볼 수 있다. 앞에서도

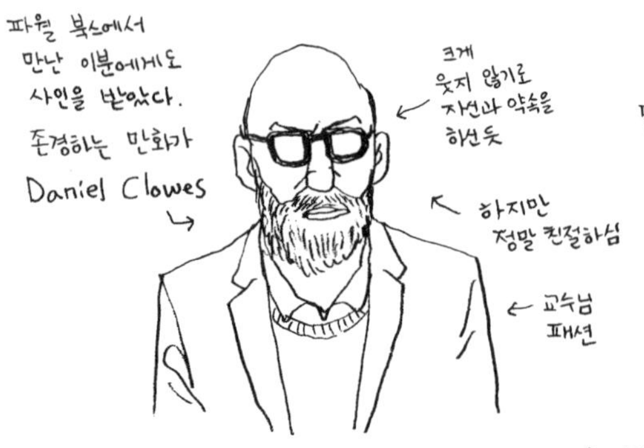

말했지만 그런 이들이 자주 들르는 가장 큰 이유는 파월 북스 덕분이다. 신간을 낸 작가는 북미 전역을 돌며 홍보 투어를 한다. 그리고 그들 대부분은 북서부에서 꽤 유명한 이 서점을 빼놓지 않는다. 몇 달 전에는 제일 좋아하는 만화가 중 한 명인 대니얼 클로즈Daniel Clowes가 신간 출간 기념으로 강연을 하러 왔었다. 나는 폴랜에 올 때 가지고 온 그의 한글판 책에 사인을 받았다(이곳에 올 때 가지고 온 몇 권 안 되는 책 중에 그의 책이 끼어 있었으니 얼마나 좋아하는 줄은 짐작할 수 있으리라). 실제로 그를 만나 사인을 받았다는 게 아직도 믿기지 않는다. 아무리 미국 땅이지만 이곳에 오면서 그런 일을 예상했던 건 아니니까.

톰 색스는 샌프란시스코에서 하는 전시 때문에 서부에 왔다가, 가까운 이곳 폴랜에서 영화를 상영하게 된 것이다. 하지만 아무리 그래도 너무 작은 극장을 잡아 좀 의아했다. 그의 다큐멘터리를 상영한 소극장은 좌석이 스무 개 남짓이다. 게다가 하루 동안이고 단 2회뿐. 공지도 바로 그날 새벽에 SNS로 하다니. 애초에 정식으로 상영하는 것도 아니고 올 수 있는 사람은 오던가 아니면 말고 하는 느낌이었다. 덕분에 그의 유명세와는 관계없이 극장은 무척이나 한산했다. 그나마 자리도 다 차지 않았다. 아무리 미리 알리지 않았더라도 명색이 미국 최고의 아티스트 중 한 사람인데.

관객석은 차거나 말거나 영화를 상영하기 전 그는 항상 입는 작업용 점퍼를 입고 스크린 앞에 나타났다. 그러고는 직접 관객들 한 명 한 명에게 〈스페이스 프로그램〉 스티커를 나눠주었다. 좋아하고 존경하는 아티스트를 직접 만나는 기분은 뭐라 표현하기 어렵다.

영화는 가상의 나사 우주선을 타고 화성으로 탐사를 떠나는 줄거리. 톰 색스가 창고에 만들어놓은 실물 크기의 나사 우주선 모사품과 미니어처 등으로 실시간(?) 진행된 것을 촬영한 것이다. 그가 그동안 작품으로 보여준 인간의 신화에 대한 풍자의 종합선물세트라고나 할까.

영화가 끝나고 잠시 관객과의 이야기 시간을 가졌다. 모두 끝난 뒤 몇 달 전 이베이에서 구입한 그가 만든 에디션 잡지에 사인을 받았다. 그날 하루의 감동적인 클라이맥스였다.

돌아오는 길에 은서와 아내가 내게 말했다. 왜 내가 그런 사람들의 사인을 받는 걸 그토록 원하는지 이해하지 못하겠다고. 도대체 그깟 사인이 뭐가 중요하냐면서. 생각해보니 과연 그렇다. 보고 만나고 했으면 됐지, 굳이 사인까지 받아서 고이 모셔두려는 심리는 과연 무엇일까. 한참을 생각해봐도 타당하고 대단한 이유는 없는 것 같다. 그냥 좋아하는 이의 사인을 받고 그 순간을 간직하고 기억하고 싶다.

실은 그동안 나도 강연과 사인회를 꽤 많이 했다. 직업이 만화가니까 사인에다가 만화도 꼭 하나씩 그렸다. 그들도 내게 특별히 사인을 받아야 할 이유 같은 건 당연히 없었을 거다. 물론 그다지 가치도 없다. 아마 그들도 대부분은 받자마자 잊거나 심지어는 버렸을 것이다. 하지만 그건 그것대로 즐거운 경험이다. 누군가에게 열광하는 건 좋아하는 것에 대한 분명한 취향을 가지고 있다는 뜻이다. 삶에 대해 상상하고 꿈꾸고 있다는 증거일 수도 있다.

그래서 내게는 좋아하는 이의 사인이 소중하다. 내가 받아온

대니얼 클로즈에게
직접 사인 받은 책
POWELL'S
BOOKS
PATIENCE
BY DANIEL CLOWES
First Nursery Songs
This is Portland

그런 사인들을 앞으로도 잘 보관할 생각이다. 그들이 내게 보여준 환상적인 경험들을 고이 간직하면서. 아무래도 나는 조금은 촌스러운 사람인 거 같다. 하지만 뭐, 그 정도의 촌스러움은 살면서 괜찮지 않을까?

떠다니는 폴랜의 만화책방

여행을 하다 도착한 낯선 곳에서 아무렇지도 않게 긴장을 풀게 될 때가 있다. 항상 듣던 음악을 다시 들을 때처럼. 이를테면 카페 앞 테이블에 앉아 에스프레소를 마시다가, 무심코 낙서를 끼적이다가. 책방에서 아는 작가의 책을 어루만지다가.

어느 낯선 도시에서건 잉크와 종이 냄새가 폴폴 나는 책방에 들어서면 왠지 마음이 편해진다. 종이로 만들어진 미로 같은 그곳에서 문자와 그림이 가득 인쇄된 책을 꺼내 펼쳐보고 냄새를 맡으면 '아아, 이곳 사람들도 우리랑 비슷하구나!' 하는 생각을 하게 된다.

오래전, 이집트 시나이 반도의 해변 마을에 중고 서적을 파는

'하얀 매White Hawk'라는 작은 헌책방이 있었다. 지금 생각해보면 거의 오지나 다름없던 그곳에서 '하얀 매'는 석 달 가까이 우리에게 꽤 큰 위로가 되어주었다. 볼만하거나 읽을 수 있는 책이 많아서는 결코 아니었다. 단지 괴상한 골동품 잡동사니들과 함께 책이 켜켜이 쌓여 있는 모습이 안정감을 주었다. 신기하게 그 책방은 시각과 후각, 촉각이 모두 만족스러워지는 곳이었다.

거기서 옛날 배에 관한 책을 하나 발견했다. 여러 가지 범선의 삽화가 수록된 아주 낡은 책이었다. 그런 곳에서 발견한 책이어서 기억에 남아 있다. 소문으로는 그 작은 도시도 이제 완전히 관광지로 개발되어 예전의 모습은 찾아볼 수가 없다고 한다. '하얀 매' 책방은 그곳에 여전히 잘 있을까?

오래전에 사라진, 도쿄 시부야 음반 전문점에 함께 있던 책방도 기억이 난다. 화려한 동네라 그 매장은 가장 이른 아침부터 열었고, 다른 가게들이 모두 문을 닫는 늦은 저녁 시간에야 문을 닫았다. 덕분에 나 같은 관광객이 아침 일찍 혹은 늦은 밤에 시간을 보내기에 안성맞춤이었다. 책을 선별하는 담당자가 어떤 사람인지, 아름다운 장정으로 만든 감각적이고 독특한 책들을 잘도 골라 진열하곤 했다. 도쿄에 갈 때마다 그런 책방들이 하나둘씩 사라지고 있는 걸 확인하게 된다. 섭섭하다. 책의 도시인 도쿄도 멋

있는 책방이 사라지는 걸 막을 수는 없는 걸까.

책방에 관해서라면 서울은 이제 자랑할 게 거의 없을 거 같지만, 요즘은 여기저기 많이 생긴 작은 동네 책방들이 도시의 삭막함에 상처받은 사람들에게 위로가 되어준다. 결국 색깔 있는 책방들은 잔인한 도시에서 살아남은 자들의 아지트가 되어줄 것이다. 책방은 어쩌면 그 도시에서 영혼의 불꽃이 남아 있는 유일한 장소일는지도 모른다.

한 도시들을 떠올릴 때마다 특별했던 책방들이 꼬리를 물고 떠오른다. 작지만 아름다운 동네 책방은 이곳에도 많다. 그런 책방들은 전세계 곳곳에 퍼져 있는 작은 책방들과 많이 닮았다. 작고 아담하다. 결코 책의 양이 많지는 않지만 몇 권의 책들이 그 책을 고른 책방 주인의 취향을 알 수 있게 해준다. 요컨대 작은 책방들은 모든 이를 위한 책방이 아니다. 같은 마음의 눈, 비슷한 영혼을 가진 사람들을 위한 책방인 것이다.

내가 폴랜에서 가장 좋아하는 작은 책방은 '플로팅 월드 코믹스Floating World Comics'다. 다른 도시에 비해 조금 썰렁한 이 도시의 차이나타운에 들어서면 가장 먼저 보이는 책방이다. 만화 포스터가 덕지덕지 붙어 있는 문을 열고 들어가면, 언제나 점원이 하던 일을 멈추고 큰 소리로 반갑게 인사를 한다. 인사를 하고 오른편 테이블을 보면 이번 달의 무료잡지와 공연, 전시 소식지 등이 놓여 있다. 그다음으로는 책방이 추천하는 신간들이 두 개의 큰 테이블에 촘촘히 진열되어 있다. 디시DC나 마블Marble의 신간들도 당연히 있지만 인디 출판물의 비중이 만만치 않은 게 이 책방을 좋아할 수밖에 없는 가장 큰 이유다.

이 책방의 공기에는 마치 환각제가 섞여 있는 것만 같다. 이상하게 실제 존재하는 책방 같지가 않다. 책들을 펼쳐보고 있으면 현실을 벗어나 어떤 다른 세상에 있는 것 같은 황홀한 기분이 든다. 책방의 분위기를 책방 이름이 어쩌면 이렇게 잘 표현하는지. 만화의 황홀경 속에서 이것저것 들춰보고 있으면 세상의 온갖 고통들을 잊게 되는 것이다. 그곳에 갈 때마다 나는 정식 출판사를 거치지 않은, 복삿집에서 혼자 스무 권 정도 만든 것 같은 작은 책 위주로 고른다. 세상 다른 어느 책방에서도 구할 수 없는 그런 멋진 책들이다.

FWC
FWC

P.S. 플로팅 월드 코믹스

심슨의 원작자인 맷 그레이닝도 종종 들른다고.

인디 만화가의 신간 출판 기념 사인회도 자주 열린다.

http://floatingworldcomics.com

집에서 집으로

일 년 만에 서울에 다녀왔다. 서울 연희동은 몸에 와 닿는 공기의 질감과 냄새가 한 해 전 집을 떠나던 때와 같았다. 언제나 그렇게 익숙한 모습이기에 나는 어쩌면 부랴부랴 그곳을 떠나게 되는 것인지도 모른다. 늘 똑같은 주변을 벗어나 완전히 다른 환경을 경험해보고 싶어서. 그렇게 해서라도 뭔가 새로운 삶의 동력을 찾으려고.

눈에 보이는 아주 소소하고 시시한 변화들은 있었다. 품질이 좋지만 가격이 비쌌던 아주 오래된 동네 과일 가게가 문을 닫았고, 집 앞에는 주택을 개조한 커다란 카페가 새로 문을 열었다. 우리 집으로 들어가는 골목길은 주차된 차들로 뒤엉켜 더욱더 복잡해졌다. 자연스럽게 똑바로 걸어서 대문까지 들어가기가 힘들 정도다. 입은 옷으로 차에 쌓인 먼지를 닦으며 걸어야 한다. 새로 건물이 들어선 것도 아니고 사는 사람들도 거의 그대로인데, 어떻게 골목길은 주차장이 되어버린 것일까? 문득 서울을 떠나기 전에 차를 팔아치운 게 잘한 일이라는 생각이 들었다. 폴랜이든 서울이든 우리에게 더 이상 차는 필요 없는 거 같다.

이 주 동안 서울에서 밀린 일들을 보았다. 흔한 표현으로 몸이 열 개라도 모자랄 지경이었다. 여러 가지 밀린 서류들을 정리하느라 관공서를 들락거렸고 출판사 사람들을 만났다. 각 분야의 병원을 다니며 진찰도 받고 치료도 받았다. 나이가 들면 확실히 정리할 서류도 많아지고 병원에 가야 할 일도 는다. 서류를 처리하기 위해 이리저리 정신없이 오가고 병원을 출근하듯 들락거리다가 문득 삶이 참 부질없고 허망하단 생각이 들었다. 하지만 하는 수 없다. 받아들이는 걸 배워야 한다.

물론 기쁘고 즐거운 일도 있었다. 가족과 친구도 만나고 먹고 싶었던 것도 실컷 먹었다. 하지만 놀랍게도 금세 시들해졌다. 그리고 일주일도 채 안 되어서 집이 그리워졌다. 집? 스스로 묻게 된다. 집이 그립다고? 집으로 돌아온 게 아니었나?

나는 어느새 폴랜 다운타운의 낡은 아파트로 얼른 돌아가고 싶다는 생각을 하고 있었다. 말이 되는 것인지. 난 집에 돌아온 것인데, 집에서 또 집으로 돌아가고 싶다는 생각을 하고 있었다.

나는 서울의 집을 떠나본 적이 없다. 긴 여행을 한 적은 있어도 서울의 집을 항상 내 집이라 생각했다. 내 부모와 형제가 살고 있는 곳, 친구들이 있는 곳, 아내가 키우는 풀들이 있는 곳, 내가 모은 물건들과 잠자리가 있는 곳, 내 고양이가 기다리는 곳, 그래서 먼 길을 돌아 오랜 시간을 비운 뒤에도 집에 도착할 때면 항상 안심이 되고 행복했다. 하지만 이번에는 달랐다. 폴랜을 잠시 떠나기 위해 짐을 싸며 집으로 돌아간다고 기뻐했지만, 이상하게도 또 다른 여행을 떠나는 기분이 들었다. 물론 설레었다. 하지만 그것은 집으로 돌아간다는 기쁨의 떨림과는 결이 달랐다. 그것은 마치 자주 다녀서 익숙한 여행지로 떠날 때의 기분 같았다.

생각해보면 2015년 가을에 이곳 폴랜에 온 뒤, 몇 달 동안 잠자리가 낯설었다. 누구나 처음 도착한 여행지에서 느꼈을 그런 낯설음이었다. 잠이 오려다가도 문득 불안감에 정신이 아득해졌다. 갑자기 숨이 턱 막혔다. 깊고 어두운 숲속에서 길을 잃고 헤매는 기분이었다. 아무도 나를 찾을 수 없을 것 같은 숲에서 영원

히 스러져 있을 것만 같은 초조함도 들었다. 그러다 올 봄, 지독한 독감으로 앓아누웠다. 거의 이 주간 꼼짝도 할 수 없을 정도였다. 감기로는 생전 처음 겪는 고통이었다. 누군가에게 두들겨 맞은 것 같았다. 병이 다 나았을 땐 죽었다가 부활한 기분이 들 정도였다.

곰곰이 생각해보니 그때부터 더는 폴랜의 아파트가 낯설지 않았다. 가장 나약해졌을 때 이 폴랜의 집이 나를 감싸주었기 때문일까. 그날 이후 바깥공기를 들이마시는데 문득 폴랜이란 도시가 그전과는 다르게 느껴졌다. 그제야 이곳이 내가 살아내고 있는 진짜 우리의 공간 같았다.

양가 어머님들이 먹을 것을 바리바리 싸주어서 한껏 늘어난 짐을 들고 우리는 이 주 만에 폴랜으로 떠나왔다. 서울발 폴랜행 비행기에서 한숨도 자지 못했다. 비행기에서 내릴 땐 기나긴 비행으로 지칠 대로 지쳐서 신발이 질질 끌렸다. 10월 말, 우기가 시작된 폴랜에는 비가 추적추적 쓸쓸하게 내리고 있었다. 우버를 불러 타고 다운타운의 아파트로 향했다. 차창에 끊임없이 떨어지는 빗방울, 이 주 만에 완연하게 가을 색으로 변해버린 높디높은 나무의 넓적한 잎들, 여전히 사람이 없는 썰렁한 거리, 문 앞에 소박한 핼러윈 장식을 한 집들. 이상하게 마음이 평온해진다.

차는 곧 샌디 대로Sandy Boulevard에 들어섰다. 공항에서 다운타운 쪽으로 사선으로 뻗은 큰길인데 희한하게 인적이 드물다. 한 손에는 스케이트보드를 들고 다른 한 손으로 여자애의 손을 잡고 길을 걷는 소년이 보였다. 비를 맞으며 묵묵히 걷고 있다.

공항에서 시내까지 삼십 분도 안 걸리는 작은 도시. 곧 스틸 다리의 강철 골조로 된 양 꼭대기가 보이고 윌래밋 강도 모습을 드러낸다. 마음이 벅차오른다. '내가 이곳을 이토록 좋아했던가, 이렇게 마음이 평화로워질 정도로?' 이런 얄팍하고 유별난 내 마음이 뜻밖이었다. 고작 일 년을 살았을 뿐인데 집으로 돌아온 기분을 느껴도 되는 걸까? 집을 떠나 드디어 집에 도착한 것만 같은 이 평온한 기분이라니.

이배희 씨를 아시나요?

몇 년 전 일이다. 약속을 마치고 저녁 늦게 집에 돌아와보니 아내의 친구 몇 명이 놀러와 우리 집 부엌에 있었다. 일찌감치 취해 이차로 우리 집에 온 것이다. 다들 처음 보는 얼굴이었지만 이름만은 아내가 자주 언급해 익숙한 사람들이었다. 그중에 시를 쓰는 황 선생님도 계셨다. 고양이를 무척이나 사랑하는, 아니 표현이 조금 약한 거 같다. 인간보다 고양이를 '더' 사랑하는 그분의 소문은 아마도 그의 시만큼 유명할 것이다. 자연스럽게 나도 그 분들 틈에 끼었다.

이런저런 이야기를 나누며 술을 마시다 결국 아내가 나에 대한 푸념을 안줏거리로 늘어놓기 시작했다. 요는 내가 밖에 잘 나가지도 않고 만날 방구석에서 '이베이ebay'하고만 논다는 것이었다. 그러자 한참 조용히 듣고 계시던 황 선생님이 걱정스러운 눈썹과 특유의 느릿느릿한 말투로 우리에게 물었다.

"그런데 '이배희'가 누구니? 혹시 나도 아는 사람이야?"

아직도 그때를 생각하면서 아내와 눈물을 찔끔거리며 웃고는 한다. 순수하고 독특한 황 선생님이기에 가능한 이야기다. 그리고 아무래도 고양이만큼 사람도 아끼는 분이라서 그럴 것이다. 우리가 진지하게 이야기하는 '이베이'가 틀림없이 사람 이름일 것이라고 생각하시니.

그건 그렇고 왜 이 이야기를 꺼냈냐면, 황 선생님은 전혀 알지 못하는 이배희 때문이다. 눈치 채셨겠지만 그놈의 이베이, 도무지 그만둘 수가 없다. 아내가 입에 달고 사는 말처럼 서울의 집 창고에는 내 물건들이 산처럼 잔뜩 쌓여 있다. 서울을 떠나오기 전에 정리를 한다고 했지만 그다지 줄지 않았다. 지하 창고에 여전히 한가득이다. 그 지경이니 이젠 이베이를 통해 물건 좀 제발 안 들였으면 좋겠다며 아내는 나를 어린아이 달래듯 다독인다. 하지만 사실 삶이 곧 수집인 내게 그것은 숨을 쉬지 말라고 하는 것과 다를 바가 없다. 내게 수집하는 행위는 취미가 아니다. 굳이 표현하자면, 삶 그 자체라고 할 수 있다. 다시 황 선생님을 끌어

1977년에
제작된
스타워즈 머그잔
빈티지 파나소닉
8트랙 TNT
TNT 폭파장치처럼
생겼지만 누르면
트랙이 넘어갈 뿐
이리로 테이프를
넣는다
110V
Panasonic 8TRACK PLAY
음질이 구리다
빈티지
험디 덤디 3인치
피규어 (쇳덩이)
8트랙 테이프
열어서 테이프를
수리할 수 있다.
음질은 상태에 따라
다르지만 대체로
구리다
THE SOUND OF MUSIC
The SOUND OF MUSIC
빈티지
붐박스.
정말로 하루 만에
고장
현경이가
23번가의 문닫는
빈티지 가게에서
떨이로 구입한
인형 셑.
다섯 개에
일만 원이던가…

들이자면 그분이 고양이에 집착하는 것과 비슷하다고나 할까(죄송합니다).

이베이를 통해 수집하는 건 가장 먼저 레코드, 테이프 등이 있다. 만화책과 장난감도 있고 자질구레한 생활용품도 있다. 사실 이베이에서 살 수 없는 건 거의 없으니 그냥 세상에 온갖 잡동사니라고 하겠다. 뭐 하러 멀리 폴랜까지 가서 이베이로 물건을 사느냐고 반문할 수도 있다. 아내도 그렇게 말한다. 하지만 이곳 폴랜이야말로 이베이로 쇼핑을 하기에 최적화된 곳이다. 여기는 그야말로 이베이가 탄생한 본고장이 아니던가.

뭔가를 수집하는 데 있어 이베이는 정말 장점이 많다. 먼저 레코드로 예를 들자. 리이슈로 찍은 레코드나 새로 나온 레코드는 해당이 안 될 수도 있다. 소매상에 따라 가격이 천차만별이니까. 오프라인이나 아마존Amazon, 반스 앤 노블Barnes&Noble의 가격이 이베이보다 더 쌀 수도 있다. 그건 자동차를 살 때도 마찬가지다. 할 수만 있다면 확인할 수 있는 곳의 가격을 모두 확인하고 비교해봐야 가장 저렴하게 물건을 구입할 수 있다. 하지만 빈티지 레코드는 조금 다르다. 오프라인 매장에서도 빈티지 레코드를 취급한다. 하지만 원하는 것은 아무리 오래 '디깅digging'한다 해도 살아생전 찾을 수 있다는 보장이 없다. 성격이 너무 좋아서 '그래도 언젠가는 만날 날이 오겠지' 하며 듣고 싶은 레코드를 운에 맡기고 기다리면 좋으련만, 난 그런 느긋한 성격이 아니다. 당장 이베이로 검색해야 직성이 풀린다. 물론 이베이라고 빈티지 레코드가 모두 있는 것은 아니다. 하지만 오프라인보다는 확실히 찾을 가능성이 높다. 그것도 순식간에. 물론 단점은 있다. 아무래도 빈티지 레코드는 이베이가 더 비싼 경우가 많다. 게다가 배송료도 붙는다. 하지만 그걸 찾기 위해 얼마나 오랜 세월 발품을 팔고 디깅에 시간을 쏟아야 할지 생각해보면, 그리 나쁜 거래는 아니다. 다른 수집하는 물건들도 비슷한 이유로 같은 결론에 도달한다.

이베이는 뭔가 모으는 이들에게 천국이나 다름없다. 이베이의 장점은 일단 그렇다. 사실 폴랜에서 이베이를 하기 좋은 이유는 또 있다. 이곳에는 소비세가 없다. 술도 담배도 면세점 가격이다. 뭐 그런 곳이 있냐고? 오리건 주의 법이 그렇다. 물론 무조건 좋은 건 아니다. 다른 세금으로 소비세를 충당한다. 예를 들어 백만 원을 벌면 거의 절반인 사십오만 원을 세금으로 낸다. 소비세가 없는 대신 기본세금이 눈물 쏙 빠지게 많다.

소비세가 없는 것은 이베이에도 똑같이 적용된다. 소비세가 없는데 미국 국내이니 수입부가세도 없다. 이런 상황이니 나 같은 이가 폴랜에서 이베이를 멀리하기란 불가능한 일일 수밖에.

아내는 이곳에 오기 전,《날마다 하나씩 버리기》란 책을 썼다. 좋은 책이다. 어쩌면 아내의 여러 책 가운데 내가 가장 좋아하는 책일지도 모르겠다. 나는 그 책을 보면서 대리만족을 느낀다. 나는 날마다 하나씩 버리는 아내에게 정말이지 면목이 없다.

나는 몇 해 전《콜렉터》라는 책을 냈다. 수집에 관한 이야기다. 우린 그렇게 다르다. 한 사람은 엄청나게 모아대고 한 사람은 엄청나게 미니멀하게 살고 싶어한다. 각자가 그것에 대해 책도 썼다. 도저히 현실적인 접점이 없어서 그것 때문에 종종 언쟁이 벌어지기도 한다. 그건 이곳 폴랜에서도 여전하다. 아마 영원히 우리는 서로에게 답이 없을 거다. 하지만 어떤 문제들은 그 문제 자체가 존재 가치일 수도 있다. 끝없는 생성과 소멸에 관한 이야기처럼.

잃어버린 시간을 찾아서

아내가 저녁 요가를 가려고 책상 위 시계를 확인하다 깜짝 놀라며 말했다. "한 시간이 느려졌어!" 나는 집 안의 다른 시계들을 확인해보았다. 집 안의 모든 시계가 휴대전화 시간보다 한 시간이 빨랐다. 아내의 전화기와 내 아이팟의 시계만 집 안의 시계들보다 한 시간이 느렸다. 서머타임이 끝난 것이다.

찾아보니 어제 새벽 2시를 기점으로 서머타임이 끝났다고 한다.

"음, 그런데 왜 하필 날짜가 변하는 12시가 아니고 새벽 2시에 끝나지?"

"새벽 1시여도 좋았을 거 같은데. 혹시 1시를 알리는 종소리가 두 번 울리면 데자뷰로 착각이라도 할까봐 2시로 한 건가?"

잠깐 동안 별 감흥 없이 그것에 대해 상상했다.

"그럼 디지털 전화기의 시계는 어제 새벽 2시에 혼자서 한 시간이 느려진 건가?"

"조금 무서운데? 우린 하루 종일 한 시간 느려진 것도 모르고 살았어!"

우린 인공지능에게 사기라도 당한 것처럼 서로를 바라보았다. 이렇게 터미네이터에게 쥐도 새도 모르게 당하는 것이로구나 하는 표정으로.

시작은 올 봄이었다. 그때도 부엌 오븐에 달린 디지털시계를 멀거니 보고 있었다. 느낌이 조금 이상했다. 뭔가 미묘하게 세상이 틀어진 것처럼 느낌이 묘했다. 들고 있던 아이팟의 시계를 확인했더니 오븐의 시계가 한 시간 빨랐다. "누가 오븐 시계 건드렸어? 저 시계 시간이 틀려." 그때는 반대로 휴대전화의 시계가 한 시간 빨리 가고 있었다. 그러니까 한 시간이 사라진 것이다. 확인해보았더니 그땐 서머타임을 시작한 지 벌써 이틀이나 지나 있었다. 우린 그 이틀 동안 시간이 한 시간 사라진 것도 모르고 신나게 살았던 것이다. 눈 뜨고 당한 기분이었다.

"하아, 아무리 집에 텔레비전도 없고 오가는 사람도 없다고 해

도 어떻게 시간이 바뀐 것도 모르고 이틀이나 살 수 있지?" 누군가에게 농락이라도 당한 기분이었지만 사실 그 누군가가 누군지도 모른다. 과연 누군가 있다손 치더라도 이게 과연 그이의 잘못인가. 생각하면 생각할수록 자신만 더 초라해질 뿐이었다. 사회에서 격리되어 살고 있는 느낌이었다. 우리도 남들을 상관 안 하고 남들도 우리를 전혀 상관 안 한다. 전화기나 아이팟으로 만날 소셜미디어에 들락거리는 게 다 무슨 소용이란 말인가. 자신의 시간이 한 시간 사라졌다는 중요한 사실도 모르고 살고 있는데 말이다. 하지만 다른 한편으로 생각해보면 그렇게까지 우울해할 필요는 없을지도 모른다. 어차피 한 시간이 날아간 것도 모르며 잘도 살지 않았던가. 우린 여기서 다른 사람과 지켜야 할 약속도 없고 지켜야 할 시간도 없이 살고 있다. '사회적인' 시간 같은 건 중요하지 않은 것이다. 모든 것은 우리 자신의 마음에 달려 있다. 어쩌면 우리가 진정 시간을 지배하고 있는 것인지도 모른다! 그런 걸 뒤늦게 깨달았다고 해서 문제될 일이라곤 눈곱만치도 없다. 이럴 땐 남들과 관계없이 거의 집에서만 생활하는 프리랜서란 사실에 꽤나 으쓱해진다.

'모든 시간은 내 마음대로다.'

시간의 지배자가 된 것 같은 느낌이랄까?

그런 건방진 생각을 해서인지 해야 할 일들이 책상 위에 자꾸만 쌓여가고 있다. 이러다간 결국 일을 같이하는 사람들에게 계약 위반으로 욕을 먹을지도 모른다. 아무리 팔자 좋은 프리랜서라 해도 먹고살 기본적인 일은 해야 하는 거니까.

서머타임에 대한 첫 경험은 1988년도 서울올림픽 때였던 걸로 기억한다. 그땐 그게 참 피곤하고 성가셨다. 등교시간이 빨라져서 한 시간을 일찍 일어나야 했으니까. 여기저기서 말도 참 많았던 거 같다. 갑자기 도입한 서머타임은 올림픽을 잘 치르기 위해서 온 국민이 헌납해야 하는 세금 같은 느낌이었다. 하지만 이곳에서 오랜만에 다시 경험한 서머타임은 조금 달랐다. 달라진 태양의 시간과 인간의 시간을 말 그대로 조율하는 느낌이랄까. 그것은 해가 눈에 띄게 길어져 어쩔 수 없이 인간의 시간을 얼마

간 자연의 시간에 맞춰야만 하는 거였다. 그것이 해가 있는 시간에 깨어 있고 달이 있는 시간에 잠들 수 있는 유일한 방법이었다.

결국 인간이 만든 시간은 인간의 편리함을 위해서 존재해야만 하는 것이니까. 어쩌면 눈에 보이는 시계의 눈금이라거나 다른 사람들이 만든 시간에 대한 관념은 그렇게 중요한 게 아닐 수도 있다. 자신만의 시간을 누리며 살 수 있다면 참 좋을 텐데, 허황된 꿈이겠지.

(P.S.) 폴랜에서 요가를 하는 법

'25센트를 내든지 아무것도 안 내든지 상관없습니다. 언제든지 아무 때나 와서 수련하십시오. 누구나 환영합니다. 권장하는 기부금은 8-12달러입니다.'

다운타운 얌힐 거리에 있는 이 기부 요가원은 이렇게 움직인다. 시간당 돈을 받고 요가 선생님들에게 장소를 빌려준다. 선생님들은 각자 자신만의 반을 만들고 스스로 수업의 질을 높이는 훈련을 한다. 빌리는 비용은 한 시간당 삼십 달러니 그리 비싼 편은 아니다. 하지만 한 달에 주 2회 이상 수업을 하는 선생님이 대부분이니 월세로 이백사십 달러 이상을 내야 자신의 수업을 운영할 수 있다. 학생이 기부한 돈으로 선생님은 빌린 비용만 돌려받는다. 그것을 빼고 돈이 남는다면 그 돈은 다시 요가원으로 기부해 청소도 하고 전기세도 낸다. 돌고 도는 아름다운 요가원이다.

요가 얌힐 스튜디오 http://yogaonyamhill.com/

Portland

당신은 나의 대통령이 아니다

1

서울에 다녀온 뒤로 영 꿈자리가 뒤숭숭하다. 일이 통 손에 잡히지 않을 정도로. 이곳으로 돌아오는 비행기에 몸을 실은 사이 서울에서 초대형 사건이 터졌기 때문이다. 폴랜에 내리자마자 그 소식을 접하였고, 이 주가 지난 지금까지 망연자실한 채 하릴없이 보내는 시간이 늘었다. 문제의 '박근혜, 최순실 게이트.' 단 하루 사이에 서울은, 아니 한국은 블랙홀에 빠져들고 말았다. 이 글을 쓰고 있는 지금까지도 그것은 핵융합반응처럼 전혀 해결될 기미도 없이 무한대로 확장되고 있다. 나라 전체의 미래가 어떻게 될지 도통 알 수가 없는 형국이다. 그래서 속절없이 인터넷 뉴스만 바라보고 있다.

2

그러던 와중에 이곳 미국에선 더 큰일이 터지고야 말았다. 주요 미디어들의 예상을 가볍게 뒤집고 도널드 트럼프Donald Trump가 미합중국 대통령에 당선된 것이다. 이 글을 쓰고 있는 지금은 트럼프가 당선된 다음 날 오전이다. 아침에 일어나 어젯밤의 일은 혹시 악몽인가 하고 생각했을 정도로 충격이 크다. 트위터를 보니 이곳 폴랜에도 충격받은 이가 꽤 많은 것 같다. 이곳은 아무래도 클린턴이 승리한 지역이니까. 새벽까지 다운타운 시내에서 트럼프를 대통령으로 인정할 수 없다는 수백 명의 시위가 있었다고 한다. 하지만 시위라니, 미국 선거법에 의해 정상적으로 선출된 대통령인데 시위로 무엇을 해결할 수 있을까.

트럼프의 당선은 이곳에 잠시 살고 있는 나 같은 이방인에게도 주는 충격이 어마어마하다. 과장 없이 말하는데, 당장 눈앞에서 위협이 느껴질 정도다. 졸지에 나치나 KKK단이 일삼던 인종, 여성, 소수자에 대한 차별을 아무렇지도 않게 주장하는 사람이 법적으로 당당하게 지도자로 뽑힌 나라에서 당분간 생활해야 하는 처지가 된 것이다.

3

이 두 가지 일로 깨닫게 된 사실은, 사람이 나이를 먹는다고 저절로 현명해지는 것이 아닌 것처럼, 국가도 마찬가지라는 점이다. 사람이든 나라든 끊임없는 노력과 자기혁신이 필요하다. 사람이 오래 살았다고, 시간이 흘렀다고 저절로 현명해지진 않는 것처럼, 민주주의는 아무 노력 없이 스스로 발전하지 않는다. 제아무리 대단한 개인이나 국가라도 아무것도 하지 않고 방치하면 점점 타락하고 추해질 뿐이다. 결국 나락으로 떨어져 썩어 문드러지는 일만 남는다.

그런 깨달음과는 별개로 표면적인 두려움도 느낀다. 앞에서는 방긋방긋 웃고 친절하게 굴어도 사람 속은 전혀 알 수가 없다는 사실을 깨달았다. 트럼프 당선의 배경이 된 백인들의 엄청난 표를 보면 알 수 있다. 통계에 의하면 백인 남성의 약 팔십 퍼센트가 트럼프를 찍었다고 한다. 그동안 속고 살아온 느낌이랄까. 사람 속은 알 수가 없다는 게 다시 증명된 것

이다. 심지어 이제는 길에서 만나는 백인들을 아무런 거리낌 없이 대하기가 힘들 것만 같다.

그들은 스스로를 경계하고 두려워해야 할 대상으로 만들었다. 내 가족들이 그들로 인해 갑자기 예상치 못한 난처한 일을 겪을 수도 있다고 생각하면 두려워진다. 영국에서도 브렉시트 이후 노골적인 인종차별이 늘었다고 한다. 이곳도 그러지 말란 법은 없다. 차별이라는 뿌리는 같으니까.

4

미디어에서 온갖 분석기사가 쏟아진다. 주가와 환율도 들썩여

서 종잡을 수 없다. 트위터를 보니 워터프론트 공원과 다운타운 에서는 매일 수백 명이 시위를 하고 있다. 다들 "그는 나의 대통령이 아니다"라고 소리를 높인다. 이곳뿐 아니라 다른 주들, 클린턴이 승리한 뉴욕 주, 캘리포니아 주, 워싱턴 주 등 여러 곳에서 크고 작은 시위가 진행 중이라는 소식이다. 심지어 캘리포니아에선 연방을 탈퇴하자는 의견도 나왔다고 한다. 영국이 유럽연합에서 탈퇴한 것처럼 그들도 미연방을 떠나겠다는 주장이다. 하지만 한편으로 드는 생각, 민주주의란 패배도 받아들여야 하는 것 아닌가? 그것이 정녕 지옥문이 열린 것처럼 괴롭더라도 말이다.

5

트럼프가 대통령으로 선출된 지 사흘이나 지났는데 이곳의 소요 사태는 계속되고 있다. 아니, 그 규모가 전국적으로 더욱 커지는 중이다. 심지어 어젯밤에는 다운타운에서 아나키스트들이 얼굴을 가리고 공공기물과 사유재산을 파괴하는 지경에 이르렀다. 그 때문에 오늘은 다운타운 전체에 경찰차와 진압대가 쫙 깔렸다. 하지만 시위대가 '당신은 나의 대통령이 아니다'라고 구호를 외치며 대체 무엇을 얻겠다는 것인지는 여전히 의문이다. 캘리포니아처럼 아예 '캘렉시트Calexit'를 해 미연방에서 독립하고 버니 샌더스Bernie Sanders 후보를 대통령으로 만들겠다는 목적이라도 있다면, 오히려 현실적으로 보일 것 같다. 하지만 아무 대안 없이 대통령을 거부하는 지금은 누군가의 표현처럼 그저 '우는 아이의 떼쓰기'로 보인다. 공교롭게도 서울에서는 오늘 세 번째 촛불집회가 열리는 날이다. 현재 서울과 폴랜은 각각 자신들이 뽑은 대통령을 원하지 않는다.

내 몸이 이곳에 있다는 게 안타깝다. 이곳의 구호 '당신은 나의 대통령이 아니다'라고 적은 팻말을 들고 광화문으로 나가고 싶다. 오늘 밤 아무 탈 없이 우리가 원하는 걸 이룰 수 있다면 좋으련만.

6

투표가 끝난 지 일주일이 지났다. 이곳의 시위는 아직도 진행 중이다. 뉴스를 보니 오리건 주의 폴랜이 시위를 시작한 첫 번째 도시였다고 한다. 투표 날 저녁부터 요란하기는 했다.

오늘은 은서와 아내가 시내에서 청소년 시위대를 봤다고 한다. 학교에서 단체로 나온 그들은 비를 맞으며 행진을 했다고. 조금이라도 당선자에게 자신들이 그를 지지하지 않았다는 것을 알려서, 당선자의 정책 수립 및 집행에 긍정적인 영향을 끼치고 싶어 한다고. 회의적이지만 그 어린 학생들에게 박수를 쳐주고 싶다.

대단하다. 미국에서 이런 모습을 보게 될 줄이야. 서울에서의 세 번째 시위는 성공적이었다고. 하지만 아직 청와대는 꿈쩍하지 않는다는 소식. 이 글이 묶여 나와 누군가 읽을 때쯤이면 정말 성공적이었는지 알 수 있겠지.

•

이곳 시간으로 오전에 트럼프가 미국 45대 대통령으로 취임했다.
전국에서 반대시위가 일어났고 워싱턴에선 시위대 구십 명이 체포되었다.
서울에선 박근혜에 대한 탄핵이 여전히 진행 중이다.

한 바퀴 돌아 비

맑은 날보다 비 내리는 날이 많은 계절이 돌아왔다. 날씨 앱을 들여다보니 앞으로 일주일 내내 비가 내릴 모양이다. 아마 그 이후에도 계속 비일 것이다. 영원할 것만 같은 비 내리는 나날. 이곳에 온 지 일 년이 되었다.

끝없이 비가 내린다고 하면 다들 너무 우울하겠다고 위로를 하지만, 비와 폴랜은 이상하리만치 잘 어울린다. 실은 생각만큼 끔찍한 날씨가 아닐 뿐더러, 은근히 아름답기까지 하다. 물론 처음에는 낮은 먹구름과 흐느끼는 듯 내리는 비가 지긋지긋했다. 하지만 겪다보니 이젠 반갑기까지 하다. 비 내리는 이곳의 풍경을 고작 일 년 만에 다시 보는 것인데도, 오래전 낯선 곳을 여행

할 때의 기억처럼 아득한 기분이 든다.

나무에서 떨어진, 알록달록 화려한 색과 모양의 낙엽들이 도시의 땅바닥을 가득 메웠다. 그 위로 끝없이 토닥토닥 떨어지는 빗방울과 함께 걷는다. 여전히 우산을 쓴 이가 드문 다운타운. 비가 오든지 말든지 자전거를 타는 사람들, 마치 비가 안 오는 양 태연하게 벤치에 앉아 쉬는 사람들. 이젠 나도 우산 없이 걷는 게 익숙하다. 나뭇잎 위로 떨어지는 빗방울 소리가 더 크게 들리는 것만 같다.

지금은 또한 까마귀의 계절이다. 유독 까마귀 떼가 하늘을 가득 메운다. 오후 4시 언저리부터 우리 집 아파트 팔층 베란다 바로 앞에 보이는 전나무 꼭대기에 까마귀가 모여들기 시작한다. 수십 마리 어쩌면 수백 마리다. 그 정도면 장관이다. 꽤 볼만하다. 그리고 매우 시끄럽다. 마치 낙엽이 다 떨어진 나무에 거대한 검은 열매가 달린 것만 같다. 이렇게나 많은 까마귀를 이 정도 가까운 거리에서 매일 보게 되는 건 신기한 경험이다. 카프카(고양이)랑 나는 그 시간이면 베란다 창 너머로 몰래 그들을 구경한다. 가끔은 살금살금 베란다로 함께 나가서 그들을 자세히 관찰하기도 하는데, 생각보다 새 떼와의 거리가 무척 가깝게 느껴져서 조금 무서울 때도 있다. 알프레드 히치콕Alfred Hitchcock의 영화 〈새The

Birds〉에 나왔던 무시무시한 장면이랑 흡사하다. 그래서 까마귀가 혹시 카프카를 물고 날아가지는 않을까 걱정이 되기도 한다. 한 폴랜 출신의 판타지 소설가가 까마귀가 아이를 물고 가는 이야기로 시작하는 소설을 썼는데, 그 이유를 충분히 알 것 같다. 까마귀는 언제나 우리보다 한 수 위인 느낌이다. 뭔가 인류는 알지 못하는 신비로운 것을 알고 있는 듯 보인다. 그들의 커다랗고 까만 눈은 심지어 망각의 강 저쪽 너머도 볼 수 있을 것만 같다.

이맘때면 해가 짧아진다. 까마귀들이 슬슬 나무를 뜨기 시작할 시간을 넘어서면 이내 땅거미가 지기 시작한다. 해가 산과 바다 건너 서쪽으로 넘어가는 건 순식간이다. 짧은 만큼 역시 그 순간은 더없이 아름답다. 해가 지는 반대편 동쪽의 후드 산은 낮아진 태양의 빛을 받아 핑크색으로 변하고, 구름은 은빛으로 반짝이며 스러져간다. 어떤 때는 서쪽 태평양에서 산을 넘어온 안개가 도시 전체를 뒤덮기도 하는데, 그럴 때는 모든 게 안개에 가린다. 밤낮을 가늠할 수 없다. 낮게 깔린 안개는 시공간을 삼켜버리고 도시를 더욱 외딴섬처럼 만든다. 그러면 이 도시 사람들은 평소 익숙하지 않던 자신의 내면과 마주한다.

덕분에 혼자서도 할 수 있는 음악을 듣고 책을 읽기에 제격인 계절이기도 하다. 공기의 밀도 때문인지, 낡은 카세트플레이어에서 흘러나오는 음악 소리도 묘하게 섬세해진다. 몇 달 전에 읽으려 들었다가 포기했던 책의 단어들도 다시 펼쳐 읽으니 그 의미가 명료해진다. 내면의 소리에 귀 기울여야 할 시간이 다시 돌아온 것이다.

맛있는 걸 찾아서

특별한 걸 먹기 위해 소문난 식당을 찾아다니며 먹는 편은 아니지만, 그런 것과는 상관없이 내게도 끼니를 때우는 건 중요한 일이다. 말로는 맛있는 걸 특별히 찾지 않는다면서도 '뭐 맛있는 거 없나?' 같은 말은 파렴치할 정도로 입에 달고 산다. 그렇게 맛있는 것이 먹고 싶으면 그런 식당을 찾아보기라도 하거나, 여의치 않으면 손수 요리라도 하면 좋으련만 그런 일은 절대로 하지 않는다. 요즘은 요리하는 남자가 그렇게 인기라는데, 평생 제대로 된 음식을 만들어본 적이 없으니 참 한심하다. 그런 점에서(도) 아내에게 그저 미안할 뿐이다. 나는 설거지나 열심히 하는 수밖에. 그건 그렇고.

이번에 서울에 들렀을 때는 일 년 만이라 역시나 머릿속으로 먹고 싶은 걸 잔뜩 떠올리며 도착했다. 비행기를 타기 일주일도 더 전부터 잠자리에 누우면 온갖 음식들이 이것저것 떠올라 도저히 잠을 청할 수 없을 지경이었다. 그중에서 가장 날 괴롭힌 건 다름 아닌 냉면이다. 일주일에 한 번씩은 꼭 먹었던 냉면. 그렇게 좋아하던 걸 일 년 간 못 먹었으니 당연히 가장 먼저 생각날 수밖에. 그래서 이번에 갔을 때 아내와 먹고, 가족들과도 먹고, 심지어 혼자서도 먹었다. 이 주 동안 세 번을 먹었으니 이번에 먹은 음식 중 횟수로는 일등이다. 일 년 동안 냉면을 안 먹고 도대체 어떻게 살았던 걸까. 다른 음식들은 그런대로 해결할 수 있지만 냉면은 한국을 떠나면 비슷한 맛조차도 느낄 수가 없으니 참말로 문제라면 문제다.

짜장면도 못지않다. 외국에서는 도무지 제대로 된 짜장면 맛을 보기 힘들다. 내가 살던 동네 연희동은 특별히 맛있는 중식당이 많은 곳이라 골목마다 소문난 짜장면 집이 있는 정도였다(어휴, 이걸 쓰면서도 괴롭다. 탕수육과 짜장면과 고량주 생각에).

순대국과 김밥, 회도 한 번씩 먹었다. 특히 우리 동네에서 파는 맵기로 유명한 '연희김밥'은 아내가 특별히 좋아한다. 서울에 가기 전부터 먹고 싶다고 노래를 불렀다. 하지만 그런 식당 음식들

말고 역시 집에서 차려 먹는 밥이 최고였다. 양가 어머님 두 분이 손수 만들어주신 밥과 반찬을 능가할 음식은 세상에 존재하지 않는다. 두 분이 차려준 밥을 먹고 나서야 드디어 서울에 도착한 걸 실감할 수 있었다.

그런 내 입맛에 꼭 맞는 음식이, 불행히도 폴랜에는 존재하지 않는다. 미국 내에서도 워낙 다양한 음식 문화로 유명한 곳이니까 기대하며 여러 가지를 먹어보긴 했다. 하지만 두 번 이상 찾게 되는 곳이 드물다. 기껏해야 태국 음식점이나 인도 카레집이 그나마 입맛에 맞는 편이다. 다른 미국식 요리는 영 취향에 맞지 않는다. 게다가 특별히 사 먹는 음식을 좋아하지도 않으니, 역시 이곳에서도 그냥 우리끼리 해먹는 집밥이 제일 좋을 수밖에 없다. 다행히 폴랜은 음식 재료가 좋다. 바다와 강, 산 그리고 농장과 밭으로 둘러싸인 작은 마을 같은 도시기 때문이다.

아내는 토요일마다 파머스 마켓에서 시장을 본다. 농부들이 직접 가져오니 제철 채소와 과일이 싱싱하다. 그래서 계절마다 때에 맞는 식자재를 구할 수 있다. 겨울에는 생선과 버섯 코너가 있고, 봄이면 산에서 따오는 쐐기풀을 팔고, 여름에는 베리 코너가 생기는 식인데 맛에 둔감한 나도 깜짝 놀랄 정도로 신선한 식재료들이다.

존재조차 모르다가 이곳에서 알고 먹게 된 대표적인 채소로는 리크leek가 있다. 대파 같이 생겼는데 맛도 대파와 비슷하고 조리법도 활용법도 비슷하다. 맛은 대파보다는 덜 맵고 식감이 조금 더 부드럽다. 우린 반찬이 궁할 때면 그걸 잘게 썰어서 간장이랑 비벼 먹는데 맛과 향이 그만이다. 두부(이곳 사람들은 두부를 많이 먹어서 어디서든 여러 종류의 두부를 살 수 있다)에 간장과 함께 뿌려 먹어도 좋고 파스타에 넣어 먹어도 맛있다. 또 새로 알게 된 각종 버섯들도 있다. 그중 이름도 참 이상한 '노루궁뎅이버섯'이라는 털이 붙어 있는 것같이 생긴 버섯도 있다. 생긴 건 우리 집 고양이 카프카같이 생겼지만 몸에도 좋고 맛도 고소하다.

아내와 은서는 특히 치즈를 좋아하는데 이미 단골집까지 뚫고 아주 신이 났다. 딸기와 호박을 손수 키운 이들, 직접 소젖을 짜 치즈를 만드는 이들, 돼지고기로 소시지와 살라미를 만드는 이들. 그들과 눈을 맞추며 인사하고 물건을 주고받는 관계로 산다는 건 무척 즐거운 경험이다. 특별히 유기농이니 뭐니 하지 않아도 그냥 믿음이 간다.

매주 파머스 마켓에서 속닥대며 장을 보는 은서와 아내의 모습은 보기 좋다. 이곳저곳을 기웃거리며 잘라둔 과일을 먹거나 쿠키 조각을 맛보며 먹을 걸 고르는 모녀의 모습이 더없이 행복

해 보인다. 나는 그런 상황에서도 좀 멋대가리가 없다. 그래서 차라리 슬쩍 빠져주는 게 편하다. 같이 가봐야 얼른얼른 장터 길을 재촉하기 바쁠 테니까. 파머스 마켓에서 느긋하게 장을 보는 게 도통 안 어울리는 나는 아내와 은서가 식재료를 골라 돌아오기를 기다리며 집에서 청소나 열심히 한다. 청소가 끝나면 파머스 마켓표 브런치를 먹을 수 있겠지.

우버와 인테리어

서울 집의 살림살이를 대부분 정리하고 가사도구도 다 두고 온 참이어서, 이곳에 와서 자질구레한 물건들을 꽤 많이 장만해야만 했다. 임대한 집에 따라 특별히 사야 할 물건이 없을 수도 있을 것이라 예상했지만, 우리가 구한 아파트에는 주방의 가전제품(냉장고, 오븐, 식기세척기)과 방마다 있는 붙박이장 그리고 지하에 있는 공동 세탁실이 전부였다. 그래서 가장 기본적으로 필요한 식탁, 책상, 의자 등을 먼저 구해야 했는데, 대부분 공항 근처에 있는 '이케아IKEA' 매장을 이용했다. 단순한 디자인에 아시다시피 가격도 저렴하기 때문이다. 덕분에 꼬박 이틀 동안 나사를 조이며 조립을 해야 했다. 쉬엄쉬엄하면 그것도 그 나름 재미있었겠지만 당장에 앉아 밥 먹을 곳도 마땅치 않은 상황이라 분주하게 움직였다. 구입한 모든 가구를 조립하고 나니 손가락 끝과 손목, 팔이 저릿저릿할 정도였다.

침대는 우선 은서가 사용할 것만 샀다. 우리 부부는 서울의 집에서 가져온 이불을 그냥 우리 방 카펫 위에 깔았다. 나중에 돌아갈 생각을 하니 침대를 두 개나 사기가 아무래도 부담이었다. 서울 집에서도 우리는 온돌 바닥에 이불을 깔고 생활했기에 크게 개의치 않았다. 하지만 아무리 그래도 카펫 위에 이불이라니, 영 모양이 빠지는 건 어쩔 수가 없다.

그렇게 반년이 넘게 지내다 아내가 먼저 이야기를 꺼냈다. 침대를 하나 더 샀으면 한다고. 아내는 몇 달간 카펫 위 이불에서 잔 게 영 내키지 않았던 모양이다. 여전히 나는 침대를 하나 더 살 필요가 있을지 의문이었다(나는 이상하게 쓸데없는 걸 살 때는 별로 고민을 하지 않는데, 꼭 필요한 생활용품들을 구매할 때는 무척 고민을 많이 하는 편이다). 하지만 평소에 뭔가를 허투루 사는 법이 없는 아내의, 일 년에 한 번 있을까 말까 한 뭔가를 사겠다는 요구를 거부할 수는 없었다.

이번에도 저렴하게 이케아를 이용했다(이곳 사람들은 '아이키아'라고 부른다. 난 말할 때마다 이케아라고 할지 아이키아라고 해야 할지 항상 주춤하게 된다). 마침 킹사이즈 침대를 할인하고 있어서 아내가 무척 좋아했다(신기하게도 내가 물건을 고르면 그 물건이 최고가이고, 아내가 고르면 최저가 할인기간이다. 도대체 무슨 조화인지 모르겠다).

이케아 가구들은 조립식이라 확실히 싸고 디자인도 괜찮다. 잘만 고르면 평생 두고 쓸 만한 물건들도 많다. 하지만 아무리 그래도 조립식 가구들만 놓인 집은 영 정이 안 가는 거 같다. 잔뜩 구입한 주제에 미안한 이야기지만 조금 인간미가 없는 느낌이랄까. 이케아 카탈로그에 나오는 집 같은 곳에 살고 싶지는 않다. 순전히 손때 묻은 낡은 물건을 좋아하는 나와 아내의 취향 때문인지도 모르겠다. 아무튼 그래서, 이케아 가구들의 사이사이에 중고 가구를 두는 걸로 서로 별다른 상의도 없이 자연스럽게 결정했다. 이십 년 정도 같이 생활하게 되면 대화하지 않아도 통하는 게 있다. 다른 골치 아픈 문제들도 대화 없이 다 척척 통하면 좋으련만.

이곳에 도착한 뒤 봐두었던 중고 물품 매장에서 낡은 다용도 서랍 겸 책장과 아내의 책상을 샀다. 둘 다 옛날에 학교에서 사용하던 낡은 가구인데 어머니가 보시면 '주운 게 아니라면 왜 돈까지 주고 이런 물건을 집에 들였느냐'고 의아해할 만큼 낡은 물건들이다. 하지만 디자인이 독특하고 낡은 만큼 세월의 냄새를 그대로 간직하고 있어서 우리는 한마음으로 선택했다. 그것을 들여놓자 집 안 인테리어가 거의 완성된 느낌이었다. 더는 빼고 넣고 할 게 없어 보였다.

그리고 거의 일 년의 시간이 지났다. 이젠 인테리어고 뭐고 뭔가를 더 들여놓을 자리가 부족하게 되었다. 집 자체도 결코 크지 않으려니와 내가 산 물건들, 아시다시피 레코드랑 카세트테이프, 책 등이 조금씩 늘어나서 꼭 일 년 만에 이제는 가구 같은 게 들어올 자리가 없게 되었다. 모르는 사이에 조금씩 늘어난 게 이 정도라니. 우리는 '이제 빈티지 상점 쪽으로는 발도 뻗지 말자'라는 부질없는 약속을 했다.

그런데 원래 까마귀 날자 배 떨어지는 법. 인스타그램을 보다가 우리가 책장과 책상을 구입했던 중고 매장에서 이벤트를 하는 걸 알게 되었다. 일종의 파티인데 간단한 다과와 서커스를 한다며 우리를 유혹했다. 우리는 약속이고 뭐고 다 잊어버린 채 재미있겠다 싶어 가보기로 했다.

스트리트카를 타고 가다 사우스이스트 그랜드 가SE Grand Avenue에 내렸을 땐 이미 해가 완전히 진 뒤였다. 11월이 되니 오후 4시면 해가 떨어지기 시작하고 4시 반이면 완전히 어두워진다.

본격적인 우기라 비가 공기처럼 언제나 추적추적 내리고 있다. 겨울이 되니 해를 볼 수 있는 시간이 정말 짧다. 어둠이 한여름의 기나긴 해에게 시간을 이자까지 쳐서 돌려받은 느낌이랄까. 끝없는 비와 기나긴 밤의 날들이 갈수록 다가온다.

알록달록한 서커스 천막까지 준비한 이벤트 사진을 인스타그램에 올렸기에, 건물 뒤편 주차장에서 뭐 대단한 공연이라도 하려나보다 했는데 웬걸, 사진에서 본 천막이 실내에 쳐 있다. 워낙 천장이 높은 창고 건물이라 꽤 커다란 서커스 천막을 둘러쳤는데도 답답하진 않았다. 하지만 조금 실망이다. 낚인 느낌이랄까. 맥주를 받아든 우리는 매장을 둘러보았다. 서커스 분위기를 내려고 설치한 굵직한 필라멘트의 옛날식 전구와 그 조명을 받은 서커스 관련 빈티지 물품들이 그럴듯하게 페스티벌 분위기를 냈다. 한편으론 낡은 물건들과 어우러져 무시무시한 살인마 광대가 나오는 공포영화 속 분위기도 풍겼다. 가게 안은 우리처럼 한가하게 구경 온 이들로 북적였다. 이곳에서도 낡은 레트로 물건의 인기는 대단하다. 몇 달 만에 매장에 있던 그 많은 물건들이 많이 바뀌어 있었다.

이벤트 자체는 조금 썰렁했다. 기다란 나무다리에 올라탄 사람들과 광대 옷을 입고 곤봉을 돌리는 이들이 낡은 가구와 인테리어 소품 들이 가득한 통로를 왔다 갔다 할 뿐이었다. 혼자서 현란하게 일렉트로닉 기타를 연주하는 뮤지션과 엄청난 굉음을 내는 오래된 솜사탕 기계도 있었지만, 거대한 공간과 가득한 빈티지 물건들에 비해 초라하게 느껴졌다.

어차피 그러거나 말거나 이곳은 재미있는 가게다. 대체 이런 괴상망측한 물건들은 다 어디서 구했을까 신기해하며 둘러보고 있는데, 아내가 거울이 달린 낡은 장에서 눈을 못 떼고 서 있었다. 그러고는 내게 이거 어떠냐고 묻는다. 역시나 '완벽하게' 낡은 싸구려 나무장이다. 페인트가 벗겨진 부분에 빈티지한 느낌을 더하려고 페인트를 한 번 더 칠한 뒤 다시 벗겨냈다. 내 가슴팍 높이로 낮게 달린 거울과 중국 민화 같은 게 그려진 작은 네 개의 유리창(근데 대체 장에 유리창이 왜 필요한 것인지). 구석구석 매달린 먼지와 거미줄. 조금 없어 보이는 끔찍한 옛날 가구다. 짐작으로는 백여 년 전 서부 개척시대에 일꾼으로 팔려온 중국인 가족이, 고향을 그리워하며 중국에서 쓰던 장 비슷하게 만든 물건 같다. 그런데 이런, 묘하게도 마음에 든다. 나쁘지 않다고 말해주자 나의 반응이 뜻밖이었는지 아내는 무척 좋아했다. 가격도 비싸지 않았다. 우린 그 물건을 결혼 이십 주년 기념으로 사기로 했다. 아무것도 들이지 말자던 약속 같은 건 이미 잊은 지 오래다.

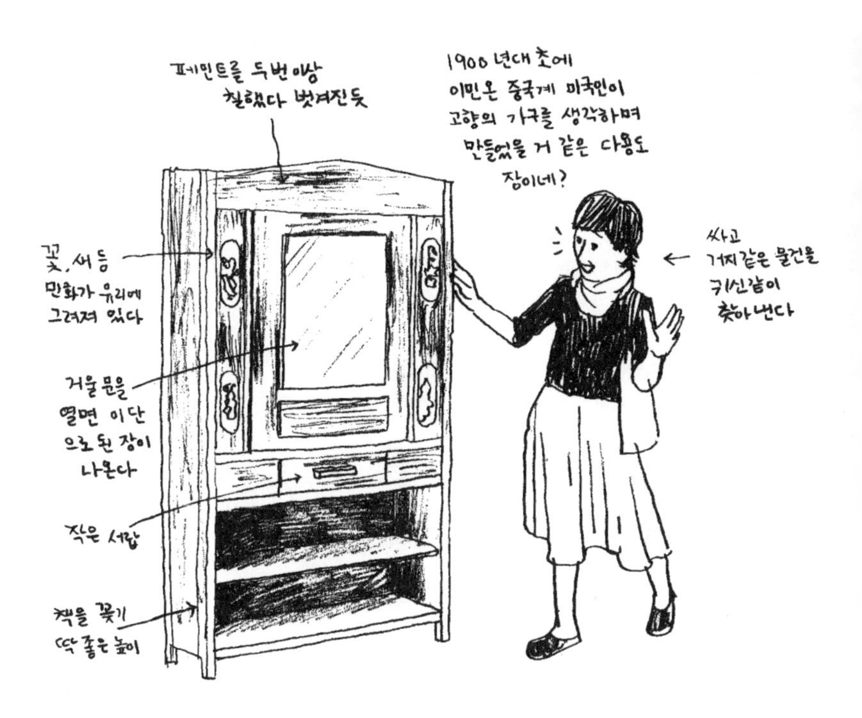
페인트를 두번 이상
칠했다 벗겨진 듯
1900년대 초에
이민 온 중국계 미국인이
고향의 가구를 생각하며
만들었을 거 같은 다용도
장이네?
꽃, 새 등
만화가 유리에
그려져 있다
싸고
거지같은 물건을
귀신같이
찾아낸다
거울 문을
열면 이단
으로 된 장이
나온다
작은 서랍
책을 꽂기
딱 좋은 높이

문제는 운반이었다. 돈을 주고 배송을 부탁하거나 직접 운반해야 했는데 아시다시피 우리에게는 차가 없다. 배송을 맡기면 무조건 백 달러를 배송료로 지불해야 한다. 배보다 배꼽이 크다. 선택의 여지가 없다. 우린 장을 하루만 보관해달라고 부탁한 뒤 다음 날 차를 빌려 운반하기로 했다.

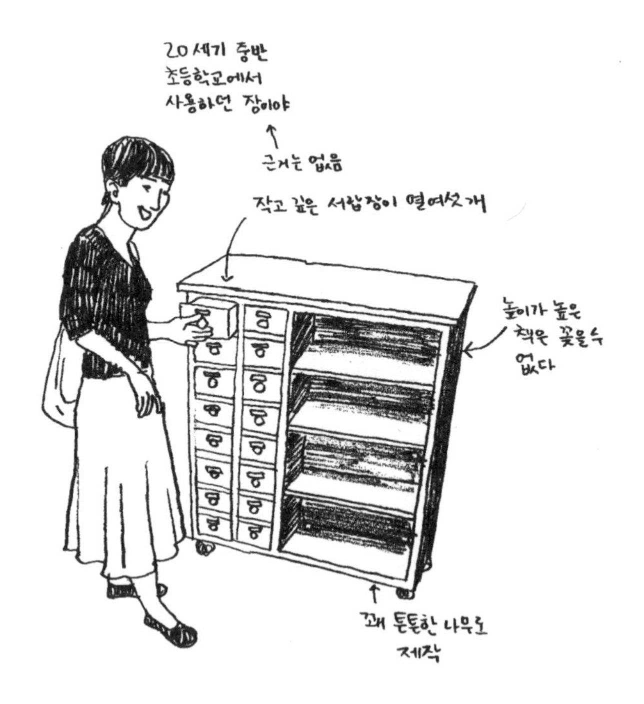

“잠깐만, 우버Uber를 이용하면 어떨까?”

얼마 전에 공항에서 이용했던 우버 생각이 났다. 나무장의 크기는 육인승 승합차 정도면 들어갈 만했다. 당연히 차를 하루 빌리는 비용보다 싸다. 우버 앱으로 검색해보니 차의 크기도 선택할 수가 있다. 가격은 우리 아파트까지 만 원 정도. 순식간에 우리는 우버를 이용해 그 묘한 장을 아파트로 가져왔다. 이 장은 대체 무엇으로 만들었는지 무겁지도 않았다.

서커스인가 뭔가를 보러 간다더니 곧 썩어서 바스러질 것 같은 가구를 가지고 돌아온 우리를 은서는 놀란 눈으로 바라보았다. 하지만 슬슬 장을 둘러보더니 싫지는 않은 눈치다. 나중에 알고 보니 은서도 전에 이 장을 보고 귀여워서 사진까지 찍었다고. 누가 그 엄마에 그 딸 아니랄까봐.

거실에 내 레코드가 꽂혀 있던 수납장을 치우고 그 자리에 그 장을 놓았다. 집이 좀 더 푸근해진 느낌이다. 보기에 따라선 그렇지 않아도 낡은 아파트가 좀 더 지저분해진 것인지도 모르겠다. 그나저나 우버, 이런 식으로 택시뿐만 아니라 작은 용달처럼 이용하는 것도 나쁘지 않은 거 같다.

P.S. '우버' 말고 '리프트'

친구가 '우버'의 문제점을 조목조목 알려주었다. 우버가 트럼프를 지지한 이야기, 우버 회사의 경영 문제, 문제가 많은 사내 분위기 문제 등(인터넷 검색을 해보니 우버의 문제점들이 쏟아진다). 그러면서 대안으로 '리프트 Lyft'를 알려주었다. 우버와 같은 서비스를 하고 있고, 실제로 '우버'와 '리프트'를 같이 서비스하는 운전자가 대부분이라고 한다. 그래서 그 후 우린 '리프트'로 갈아탔다.

www.lyft.com

자동통역기

이곳에서 생활한 지 일 년이 다 되었어도 영어로 말하는 건 여전히 어렵다. 그래도 일 년 정도 살았으니 조금 나아질 법도 한데 이상할 정도로 전혀 나아지지 않는다. 자랑거리가 아니지만 그 일 년 동안 필요한 순간에 문장다운 문장을 구사한 게 손에 꼽힐 정도다. 인사나 짧은 대화 정도는 가능하지만 심도 있는 대화는 거의 불가능하다. 실은 영어로 깊이 있는 대화를 나눌 사람이 거의 없기는 하다. 어쩌면 그래서 영어가 더 안 느는 것인지도 모른다. 아니면 반대로 영어 수준 때문에 그런 대화를 나눌 사람이 안 생기는 것인지도 모르겠다.

영어권이 아닌 나라를 여행할 때는 되는 대로 지껄여도 내용만 통하면 별상관이 없었다. 다 같이 영어로 생활하는 사람들이 아니니 대충대충 이해하고 넘어가는 분위기였다. 하지만 정작 영어를 본격적으로 사용하는 나라에서 살게 되니 좀 다르다. 한 마디 한 마디 할 때마다 이게 맞는 표현인지 생각하게 되고, 그럼 어김없이 한 박자 늦게 된다. 예전보다 순발력이 더욱더 없으니 어떤 때는 몇 박자가 늦기도 한다. 그럴 때면 썰렁함에 등줄기에서 식은땀이 흐른다. 아아, 정말이지 다시 생각하고 싶지 않은 기나긴 몇 초가 아닐 수 없다. 자려고 누웠다가 얼굴이 달아올라 혼자서 이불을 걷어차게 된다.

처음 도착했을 때는 아내도 나와 비슷한 증상으로 꽤나 스트레스를 받았다. 젊은 시절 나름 잘하던 실력은 다 어디로 갔는지 내가 들어도 발음이 이상했고, 어떨 땐 나보다 더 못 알아들었다. 심지어 자기가 듣고 싶은 부분만 듣는 거 같았다. 그건 하고 싶은 말만 하는 것과 다를 바가 없어서 아주 골치 아픈 문제였다.

하지만 아내는 이곳에서 일 년 정도 지내니 다시 예전처럼 꽤 영어에 능숙해졌다. 이곳 생활이 안정되니까 예전의 모습을 되찾은 것 같다. 하지만 그렇다고 해도 영어 실력 자체가 발전했다기보다는 그냥 울렁증이 사라져 편하게 대화를 할 수 있는 정도라서, 영어 공부에 조금 욕심이 나는 모양이다. 자꾸 내게 같이 가

까운 무료 영어회화 수업에 다니자고 조른다. 하지만 나는 실력도 없는 주제에 이상하게 영어에 시간을 투자하기가 망설여진다. 특별한 이유는 없다. 그냥 그 시간에 다른 일을 하는 게 낫다는 생각이 들어서다. 어쩌면 오래전 친구가 해준 이야기가 발목을 잡는 것인지도 모르겠다. 대학에 다닐 때 친한 친구와 아침 영어회화 반을 다닌 적이 있다. 우리 둘은 종로에 있는 영어 학원의 새벽반을 다니다가 그만뒀는데, 그만두면서 그 친구가 해준 이야기가 있다.

"앞으로는 우리 영어 공부할 필요 없어."

"왜?"

"곧 자동통역기가 나올 거니까. 말하는 순간 자동으로 통역이 되니 이제 영어를 공부하겠다고 애를 쓸 필요가 없어지는 거지."

"와, 그거 정말이야? 그렇다면 정말 편하겠다. 언제 나오는데?"

"곧, 한 십 년만 있으면 상용화된다니까." 이십 년도 더 된 이야기지만 아직도 통역기는 고사하고 인터넷 번역기도 못 믿는 세상이다.

얼마 전 간단한 메일을 영어로 써야 할 일이 있었다. 구글 번역기를 이용하여 몇 차례 순조롭게 메일을 주고받았는데 마지막에 황당한 실수를 하고 말았다. 번역기에 어떤 오류가 있었는지 문장에 'urine(오줌)'이란 단어가 들어간 것이다(생각해보자. '오줌'이란 단어를 메일에 쓸 일이 과연 있을까). 그런데 그걸 모르고 그냥 보냈다. 뭔가 기분이 이상해서 보낸 내용을 확인해보고 얼른 수정해서 사과 메일을 보냈지만, 이미 엎은 물이었다. 그날 밤에도 역시 이불을 차며 잠들어야 했던 슬픈 기억. 아무튼 그래도 나는 아직 포기하지 않고 기다리고 있다. 그 자동통역기를.

쳇

우편함을 열어보니 '폴랜 재즈 페스티벌' 안내장이 들어 있다. 일 년 만에 다시 폴랜 재즈 시즌이 시작되었다. 팸플릿을 훑어보니 작년에 비해 평소 즐겨듣는 아티스트들에 대한 트리뷰트 공연이 눈에 띈다. 디지 길레스피Dizzy Gillespie, 델로니어스 멍크, 버디 리치Buddy Rich 등. 우리는 그중에서 쳇 베이커 퀸텟 트리뷰트 공연을 먼저 보기로 했다.

공연은 라이브 공연장 '앨버타 애비'에서 한다. 어둑어둑해진 앨버타 거리는 오랜만이다. 막 오후 5시가 되었을 뿐인데 오가는 차도 드물고 인적도 거의 없다. 거리에 가로등과 간판이 없어서인지 유난히 길이 어둡다. 그나마 열려 있는 술집과 레스토랑 들도 조명을 최대한 어둡게 해두어, 가까이 다가가서 안쪽을 확인하지 않으면 영업 중인지 아닌지조차 알 수 없을 정도다. 크리스마스 장식 같은 것에는 낮에도 엄청나게 많은 전구를 켜면서 꼭 필요한 가로등이나 실내등에는 인색한 게 참 신기하다. 실용적인 것보다 무드를 더 중요하게 생각하는 것일까. 가끔은 실내가 너무 어두워 음식에 벌레가 빠졌어도 못 보고 먹을 지경이다. 혹시 밤은 밤다워야 한다는 진부한 주장을 하는 것인지. 어쩌면 단지 내가 워낙 휘황찬란한 서울의 밤거리에 익숙해서인지도 모르겠다.

공연 시작 시간보다 조금 일찍 도착해 근처 맥주 양조장에서 맥주를 한 잔씩 마시고 공연장으로 향했다. 꽤 오래되고 낡은 건물이지만 관리가 잘 된 공연장 앨버타 애비에는 생각보다 관객이 많았다. 거의 일 년 만이다. 당시 공연은 클리퍼드 브라운의 트리뷰트 공연이었다(그때도 트럼펫이 주인공이었다). 그때는 관객이 유난히 적어서 조금 썰렁한 분위기였는데 이번에는 관객이 많아 따뜻한 온기가 느껴질 정도다. 관객이 많은 이유가 쳇 베이커가 브라운보다 대중적으로 더 인기가 있기 때문인지는 모르겠다. 어쩌면 얼마 전 개봉한 에단 호크 주연의 쳇 베이커 관련 영

화의 영향인지도.

역시 이번에도 관객은 백인 노인들이 대부분. 아내는 폴랜에서 함께 재즈 공연을 볼 때 묻곤 한다. "이곳 노인들에게 재즈는 우리로 따지면 옛날가요 같은 걸까?" 언제나 재즈 공연장에서 우리가 가장 젊은 관객에 속하기에 하는 질문이다. 재즈는 그들에게 흘러간 젊은 시절의 추억이 서려 있는 음악인 모양이다. 서울의 재즈 공연장과는 분위기가 사뭇 다르다. 젊은 사람들은 다들 클럽이나 록 공연장에 간 건지 대부분의 관객이 할머니 할아버지다(나중에 모던 재즈 공연장에도 가봤는데 모던 재즈는 그나마 관객들의 연령대가 조금 낮았다).

붉은색 조명으로 화려하게 장식한 무대. 각 위치에는 다섯 개의 악기가 놓여 있다. 클래식 피아노, 베이스, 드럼, 색소폰 그리고 트럼펫. 곧 연주자들이 등장하고 공연이 시작되었다. 오래된 레코드와 테이프로만 듣던 익숙한 음악들을 공연장에서 생생하게 듣는 감흥은 감동적이기까지 하다. 외롭고 쓸쓸한 쳇 베이커의 분위기는, 같은 성Baker을 가진 가수의 보컬이 들어가자 절정을 이루었다.

올해 개봉했던 영화를 봐도 알 수 있지만 쳇의 실제 삶은 굴곡

이 많았다. 오히려 영화가 그런 부분들을 많이 미화했을 정도다. 자연인으로서는 개차반이라고 할 만한 사람의 연주에 이토록 끌리는 건, 잘은 모르지만 그런 개인사는 예술과 그다지 상관이 없기 때문인지도 모른다. 도덕성이나 인간미 같은 건 예술과 별개의 문제다. 그래서 예술 행위와 그 결과물은 어쩌면 선악의 기준으로 좋다 나쁘다 정할 수 없는 것일지도 모른다. 자연현상같이 그저 생겨난 사건의 결과일 뿐일지도. 하지만 정말 그런지는 역시 아직도 잘 모르겠다. 그건 그렇고.

공연은 정말 좋았다. 쳇 베이커의 분위기를 '단지 잘 재생'해냈다기보다는 '스스로 잘 소화'했다는 표현이 적당하다. 중간중간 리더가 쳇에 관한 견해를 풀어내는 부분이라든지, 에피소드들도 좋았고 연주자들의 실력도 수준급이었다.

좋아하는 아티스트를 트리뷰트하는 기분이라면 그림 그리는 나도 잘 알고 있다. 그것은 좋아하는 아티스트의 눈길과 손끝 그리고 생각까지 느껴보려는 행위다. 그 자체로 작업에 큰 힘이 된다. 따라서 연주해보고 그려본다는 건 단지 눈으로 보기만 하고 귀로 듣기만 하는 것과는 또 다르다. 그것은 무언가를 창조하는 것과 같이 그것 자체로 진정 행복한 경험이다.

책을 만들어 스스로를 사랑하게 되는 법

곧 크리스마스. 여름에 만들었던 은서의 책《폴랜 피플》에 관한 서류가 파월 북스로부터 왔다. 봉투를 열어보니 그동안 팔린 스무 권 정도에 대한 정산서류가 들어 있었다. 그것에 대한 수표도 동봉되었다. 기뻐하는 은서와 아내의 얼굴을 보니 흐뭇했다. 은서가 태어나 처음으로 뭔가를 만들어 팔아서, 그러니까 일을 해서 번 돈이다. 그것도 다름 아닌 스스로 만든 책으로 그랬다니 기분이 묘하다.

이런 일도 있었다. 작년에, 폴랜에 처음 도착한 지 한 달 정도 되었을 때, 은서의 생일 선물로 옛날 타자기를 샀다. 선물로 무엇을 가지고 싶으냐고 묻자, 혼자서 다운타운을 돌아다니다가 본 낡은 타자기를 사달라고 했다. 알고 보니 자주 들르는 인쇄물 가게에서 파는 타자기였다. 19세기 스타일의 카드, 사무용품 등의 인쇄물을 제작, 취급하는 고풍스러운 인쇄물 가게인데, 거기에서 중고 타자기를 수리해 팔고 있었다. '무겁기만 한, 낡고 별 쓸모도 없는 물건을 도대체 왜'라고, 잠깐 (주제파악 못 하고) 생각했지만, 원하는 걸 사주었다 (나처럼 낡은 물건을 수집하는 사람이 할 이야기는 아니니까). 그런데 며칠 전 바로 그 가게에서 연락이 왔다. 은서의 책 《폴랜 피플》을 파월 북스에서 보았다고, 그리고 자기들 매장에 두고 팔고 싶다고. 은서와 아내는 그 책을 정산한 수표를 받았을 때보다 더 기뻐했다. 좋아했던 가게에서 자신의 책을 매장에 두고 싶다고 먼저 연락을 해왔으니 그럴만하다. 짝사랑이 아니었음을 확인한 느낌이랄까.

뉴욕에 있는 친구가 브루클린에 문을 연 팝업 스토어에도 몇 권의 《폴랜 피플》을 보냈다. 그곳에서도 책을 몇 권 팔았다고 전해 들었다. 그 친구 얘기로는 모두 폴랜 출신 사람들이 사갔다고 한다. 그러니까 은서의 책 《폴랜 피플》은 다름 아닌 폴랜 사람들이 무척 좋아하는 것이다. 역시나 《폴랜 피플》의 진정성은 폴랜 사람들이 알아보나보다.

정말 그랬다. 생각해보면 은서의 책을 좋아한 사람들은 모두 폴랜 사람들이었다. 하긴 그 외의 사람들에게는 보여줄 기회가 거의 없긴 했다. 그래도 특별한 계획과 목적 없이 슥슥 그려서 모아 묶은 책인데 여기 사람들의 반응이 꽤 좋다. 과연 이유가 뭘까? 우리끼리 여러 가지를 이야기해보았는데, 역시 첫 번째 이유는 만든 이의 솔직한 마음이 담긴 책이기 때문인 것 같다. 언제나 그렇듯이 진심은 전해지게 마련이니까 말이다.

책을 만드는 일만큼, 스스로를 사랑하는 방법이 또 있는지 모르겠다. 개인의 작은 역사를 만드는 그 과정은 자신의 보잘것없는 삶도 사랑할 수 있도록 만든다. 하루하루를 무엇보다 소중하게 만들어가며 그것으로 자신의 마음을 어루만진다. 그러곤 가족과 주변 사람들에게 그 마음을 전달한다. 얼마나 많은 사람들이 그 이야기를 만날지는 알 수 없지만 적어도 자기 자신은 그 자신만의 이야기를 읽고 깨우친다. 덕분에 삶에 최선을 다하게 될 것이다.

눈썰매를 타자

1

겨울에 나는 좀처럼 집 밖으로 나가 돌아다니는 걸 좋아하지 않는다(다른 계절이라고 집 밖으로 나가는 걸 특별히 좋아하는 것도 아니지만). 하지만 아내의 계속되는 회유와 모처럼 저녁식사 자리에서의 흥겨움이 더해져, 눈썰매를 타러 가기로 덜컥 약속을 하고 말았다. 창밖으로 보이는 눈 덮인 후드 산으로 말이다.

사실 그간 조금 한심했다. 오리건 주는 미국 내에서도 자연경관이 뛰어나기로 특히 유명한데, 폴랜에 일 년 넘게 살면서 도시 밖으로는 단 한 차례도 나간 적이 없었다. 아무리 멋진 풍광이 주변에 펼쳐져 있어도 방구석을 벗어나지 않으면 전혀 즐길 수가 없는 게 당연하다. 내게는 오리건 주의 아름다움이 뭐랄까, '개의

우리가 꿈꾸던 눈썰매장

목에 진주목걸이' 같은 느낌이다. 그러고 보면 나 같은 사람이 그동안 여행 책을 쓰거나 여행 다큐멘터리 같은 데 출연했다는 건, 정말이지 어불성설이라 하겠다. 그래서 2016년이 저물어가는 끝자락에 서서 2017년에는 체질을 바꾸어 주변을 많이 돌아다니겠다고 약속하고 말았다. 그리고 그 첫 단추로 차를 빌려 후드 산에 가게 되었다.

겨울에는 스키와 스노보드를 즐기는 것으로 워낙 유명한 곳이지만 우리는 겨울스포츠를 해본 경험이 없다. 당연히 우리의 딸인 은서도 그렇다. 대부분 그 나이에는 온갖 '탈것'을 좋아하는데 우리 때문인 것 같아 조금 미안하기도 하다. 그런 나에 비해 아내에게는 겨울스포츠를 멀리하는 분명한 이유가 있다. 돌아가신 아버님께서 어렸을 적부터 겨울스포츠를 완강히 반대하셨기 때문이다. 친한 친구의 자제가 스키를 타다 사고로 사망했다고 한다. 그 정도의 충격적인 이유라면 아이들에게 스키나 스노보드를 타지 못하게 하는 것도 이해가 간다.

하지만 우리는 눈썰매라면 그런 극단적인 위험과는 상관없을 거라고 생각했다. 후드 산의 스키 리조트 사진을 찾아보니 이곳에서도 눈썰매는 주로 어린아이들이 즐기는 것이었다. 어른이 아이와 함께 즐기는 것은 당연히 환영하지만, 눈썰매는 엄연히 어린아이들의 전유물인 것이다. 뭐, 겨울스포츠 세상에서 우리는 아이나 다름없다. 우린 후드 산에 가서 눈썰매를 타기로 했다.

겨울에는 해가 워낙 늦게 뜨고(아침 7시 반이 넘어서) 워낙 빨리 지기(오후 4시 반) 때문에, 우리는 아침 6시부터 일어나 온갖 수선을 다 떨었다. 조금이라도 일찍 출발해서 한 번이라도 더 타고 싶다는 욕심에. 도시락으로 김밥도 싸고 커피도 내려 보온병에 담았다. 여기 와서 한 번도 사용하지 않은 장갑도 찾아 넣고 목도리며 갈아 신을 양말까지 챙겼다. 깊숙한 곳에 넣어두었던 방한복까지 꺼내 입고 드디어 준비 완료.

검색해 알아두었던 다운타운의 렌터카 대여점에서 차를 빌렸다. 일본제 소형차다. 그래도 눈이 쌓인 산을 올라가야 한다. 이 작은 차로 과연 괜찮을지, 막 고등학교를 졸업하고 어설프게 양복을 차려입은 것 같은 직원에게 물었다.

"노 프라블럼No problem!"

그는 자신이 어제 후드 산에 다녀왔는데 아주 좋았다고 했다(음, 그동안의 경험으로 미루어 보건대 '노 프라블럼'은 그렇게 반가운 단어가 아니다. 조금은 불길하다고나 할까).

구글맵으로 찍어보니 후드 산 중턱에 있는 스키 리조트까지는 차로 두 시간 사십 분(후드 산은 집 베란다에서 보면, 서울 서대문에서 뵈는 북한산 정도로 가까워 보인다). 세 사람 모두 안심하고 만족할 수 있도록 아내가 운전대를 잡았다. 길은 비교적 단순하다. 곧 폴랜 시내를 벗어났다(믿을 수 없을 정도로 금방이었다. 확실히 폴랜은 작아도 너무 작다). 벗어나자 급격하게 단조롭고 심심한, 전형적이라고 할 만한 미국 서부의 시골 풍경이 나타났다. 달릴수록 주택과 사람의 그림자가 점점 줄어들더니 곧 산골길이다. 중간중간 작은 마을들도 스쳐 지나간다. 그런데 도저히 21세기의 풍경 같지가 않다. 너무 구닥다리 풍경이라 백 년 전의 북미 시골이라 해도 믿을 수 있을 것만 같다.

〈윌래밋 위크Willamette Week〉(폴랜 무료 주간지)에서 본 글에 의하면 이런 곳에 사는 사람들은 오리건이지만 통계상 모두 트럼프를 지지했다고 한다. 실제로 그럴 것도 같은 것이, 눈에 보이는 사람 중 유색인종은 단 한 명도 없다. 그야말로 백인뿐이다. 그리고 상당히 고지식해 보인다(어쩌면 단지 내 선입견 때문이겠지만). 밤이 되면 흰 밀가루 포대를 뒤집어쓰고 소총과 횃불을 들어 올릴지도 모른다. 순식간에 상상력이 거기까지 미치자, 겁도 없이 첩

첩산중 백인들의 동네에 눈썰매를 타러 가기로 한 게 과연 잘한 짓인지 생각해보게 되었다. 아직 집에서 나온 지 삼십 분도 안 되었는데 내 머릿속은 끔직한 상상으로 온통 불바다가 되었다. 하지만 나는 그런 초를 치는 생각들을 입 밖으로 내뱉지 않기로 했다. 내 쓸데없는 상상력으로 아내와 딸을 실망시키고 싶지 않았기 때문이다. 쳇, 이게 다 트럼프 때문이다.

차창 밖으로 보이는 풍경은 예사롭지 않았다. 눈 덮인 거대한 침엽수들이 빼곡해지기 시작했다.

“아아, 저 나무들 좀 봐. 시내 광장의 크리스마스트리에 어울릴 법한 나무가 저렇게 많다니, 여기 사람들이 생나무를 베어 집집마다 일회용 크리스마스트리로 쓰는 것도 다 이유가 있구나.”

거대한 나무숲을 감상하며 달리는 사이 우리의 고도는 점점 높아지고 있는 모양이었다. 어느 틈엔가 길옆으로 꽤 많은 눈이 쌓여 있었다. 어른 무릎을 넘을 정도로.

2

만년설이 덮인 후드 산을 향해 쭉 뻗었던 길이 구불구불한 이

차선 도로로 바뀌자 곧 귀가 먹먹해지기 시작했다. 스치는 풍경을 감상하느라 미처 알아차리지 못하는 사이 고도가 꽤 높아진 것이다. 대관령을 넘는 것 같은 구불거리는 눈 덮인 산길을 오르는 건 왠지 으스스한 기분이었다. 스탠리 큐브릭Stanley Kubrick의 영화 〈샤이닝The Shinning〉의 첫 장면 같았다. 실제로 스탠리 큐브릭이 샤이닝을 찍은 곳이 이곳 후드 산이다. 그러니 그런 기분이 드는 것도 아주 자연스럽다.

빽빽한 침엽수에 압도되어, 우린 커브의 갓길에 잠시 차를 세우기로 했다. 태어나서 그렇게 촘촘한 침엽수림은 처음 보았다. 차에서 내리니 바람이 살을 파고들었다. 길은 완전한 빙판이라 펭귄처럼 뒤뚱거리며 걸어야 했다. 사진을 몇 장 찍고 아내와 딸 쪽을 돌아보니 둘은 차에서 내리자마자 바로 다시 차 안으로 들어간 모양이다. 대화가 불가능할 정도로 바람이 매섭다. 우리 차 앞에 차를 세운 다른 차 운전자도 뭔가를 하고 있었다. 처음에는 우리처럼 여유롭게 경치를 즐기는 줄 알았는데 알고 보니 바퀴에 체인을 감는 중이었다. 산을 넘어 멀리 가는 모양이었다. 우리는 다시 산을 오르기 시작했는데 곧바로 차가 왼편으로 주르륵 밀리는 게 느껴졌다. 순간 식은땀이 주르륵 흘렀다.

"어어, 뭐야 이거. 차가 미끄러진다! 속도 줄여!"

흰 눈이 덮인 크리스마스 나무숲을 가로질러
후드 산으로 가는 길

아내는 사색이 되어 운전대를 꽉 움켜잡았다. 오른편은 천길 절벽이고 왼편은 아마도 중앙선이다(빙판이 되어 차선이 전혀 보이지 않는다). 산 쪽에서 내려오는 차들이 많지는 않지만 끊이지 않기 때문에 중앙선은 최대한 잘 지켜야 한다. 조심스럽게 빙판 구간을 지나자 다행히 차는 그런대로 안정을 찾았다.

"렌터카 대리점 직원 말이야, 이 차 전천후 타이어라 괜찮다고 하더니, 완전 엉터리였잖아!"

나중에 이곳에 오래 산 사람들에게 들었더니 이 시기의 겨울 후드 산은 체인을 감지 않고는 '절대로' '절대로' 올라갈 수 없다고 한다. 그만큼 눈도 많이 내리고 빙판도 많고 위험하다고. 자신은 아예 겨울에 그쪽으로 가지 않는다고도 했다. 이런.

그렇게 아슬아슬하게 스키장에 도착했다. 눈 덮인 스키장은 너무나 고요했다. 간간이 보이는 리조트의 레스토랑이나 카페의 굴뚝에서 연기가 모락모락 올라오기는 했지만 스키장에서 느껴질 만한 예상했던 복작거림은 전혀 느껴지지 않는다. 마치 철지난 크리스마스 마을 같다. 코앞으로 다가온 후드 산은 가까이서 보니 아파트 창으로 볼 때의 반듯한 좌우대칭이 아닌 비스듬하게 일그러진 모습이다. 조금은 평범해 보인다. 우리는 차를 살살 몰아 이정표를 찾아보고 눈썰매장으로 향했다.

"분명 여기가 맞지?"

눈썰매장 입구에 팻말이 세워져 있다. 아무것도 쓰여 있지 않은 A자 모양 팻말로 차가 들어오는 걸 대충 막아놓은 눈치다. 표를 받는 사람도 주차 안내를 하는 사람도 없다. 스키장 측에 전화를 걸어도 자동응답기가 받는다. 자동응답기에서는 지금 한창 개장 영업 중이니 어서 놀러오라는 녹음 메시지만 반복되고 있다.

어떻게 해야 할지 몰라 차에 시동을 건 채로 서 있는데 건설인부로 보이는 이가 차 옆으로 지나갔다. 그에게 눈썰매장에 대해 물어보니 요즘은 야간 개장 기간이라 아마 오후 3시 정도에나 문을 열 거라고 한다. 아 이런, 아직 오전 11시도 안 되었다. 그도 자세히는 모르는 눈치라 우린 안내 사무실이 있다는 큰길 반대편의 스키장으로 가보기로 했다. 스키장 직원이라면 제대로 알고 있겠지.

하지만 도착해보니 반대편 산중턱의 스키장에도 인기척이 없었다. 문은 열려 있지만 사람이 보이지 않는다. 카페도 아직 오픈 전이었지만 다행히 화장실 문은 열려 있었다.

눈이 가득 쌓인 스키장을 바라보니 신기했다. 희한하게도 살면서 눈이 없는 여름 스키장은 볼 기회가 꽤 있었지만 눈이 쌓인 제철 스키장을 본 건 처음이었다. 하지만 스키장에는 아무도 없다. 그때 스키복을 잘 차려입은 한 가족이 우리 곁으로 다가왔다. 그러고는 스키장과 눈썰매장이 왜 안 열었는지 우리에게 물었다. 서로 아무것도 모르는 걸 확인한 셈이다. 그 부부는 어린아이가 셋인데 심지어 한 아이는 젖먹이였다. 모두 사내애라 돌보기만으로도 쉽지 않은 눈치인데 셋을 끌고 스키장까지 오다니 대단하다. 큰애로 보이는 아이가 아빠에게 눈을 한 움큼 보여주며 묻는다.

"아빠, 이거 먹어도 돼?"

"응, 먹어!"

스키장에 못 들어간 아이는 애꿎은 눈을 먹기 시작했다.

결국 그곳에서 함께 여기저기를 기웃대다 드디어 스키장 직원을 만났다. 그런데 스키장과 눈썰매장 모두 오후 3시에 오픈한다고 한다. 허탈함이 밀려왔다. 우리는 하는 수 없이 차로 돌아가 싸온 김밥을 먹었다. 그리고 차에서 한 시간쯤 낮잠을 잤다. 깨어보니 여전히 12시밖에 안 되었다. 우리는 산 아래 있는 마트에 가서 장을 보기로 했다. 원래는 집으로 돌아가는 저녁에 장을 보기로 했는데 당장 할 일이 없으니 계획을 변경한 것이다. 차를 빌린 것이 오랜만이라 우리는 꽤 신이 났고 일석이조로 돌아가는 길에 시장도 대대적으로 보기로 했었다.

3

산 아래 대형마트까지 한 시간이 조금 넘게 걸렸다. 일부러 왔다 갔다 하기에는 조금 먼 거리다. 하지만 우리에게는 딱 적당한 시간이다. 3시까지라니 아직도 남은 시간이 많다.

매장은 정말 컸다. '시골 마트가 이렇게까지 클 필요가 있을까' 하는 생각이 들 정도로 컸다. 마트 안을 왔다 갔다 하는 것만으로도 벅차고 물건도 지나치게 많다. 미국이란 나라는 참 쓸데없이 넉넉한 구석이 있다. 고작 시골 마트에서 대륙의 거대함을 느끼다니.

차가 있어 좋은 점은 맥주를 아주 많이 살 수 있다는 점. 고민을 하다가 작은 병 스물네 개가 든 상자를 세 상자나 사버렸다. 실은 많아 보이지만 우리 둘에게 그렇게 많은 양이 아니다.

서울에선 맥주라고는 술자리에서나 한두 잔 정도 마셨다. 맥주를 그다지 좋아하지 않았다. 아내는 늘 맥주를 좋아했지만 나는 독한 술을 주로 마셨다. 그런데 이곳에선 나도 거의 맥주만 마신다. 맥주 자체의 맛도 맛이지만, 종류가 무척 다양하고 무엇보다 도수가 높은 맥주가 많기 때문이다.

와인도 좋아하게 되었다. 이곳에서 유명한 '피노 누아Pinot Noir'가 특히 입맛에 맞는데, 옅은 듯 하지만 감칠맛이 나고 도수도 결코 낮지 않아 아주 술술 들어간다. 전에는 거의 마셔본 적 없는 와인인데 내 인생의 와인이 되었다. 이런 와인을 이제야 만나다니 아무래도 오래 살고 볼 일이다. 아파트 뒤에 있는 주류 판매점에서 독주도 가끔 사다 마시는데, 소비세가 없으니 가격이 상상을 초월하게 싸다. 그냥 서울에서의 반값이라고 생각하면 무난하다. 심지어 면세점보다 싼 것도 많으니 말 다했다. 하지만 술이 싼 건 사실 그다지 매력적이지 않다. 이젠 젊은 기분으로 날이 새도록 마실 수는 없다. 워낙 독주를 좋아해 전혀 안 마실 수는 없으니 가끔만 마시기로 했다(아아, 술 얘기만 너무 길어졌네. 죄송합니다).

트렁크가 꽉 찰 정도로 이것저것 생활용품까지 샀다. 어쩐지 든든한 기분이 들었다. 무거운 차로 다시 구불구불한 후드 산을 오르는데 아침보다는 길이 편했다. 일단 해가 중천이라 얼음도 조금 더 녹았고, 무엇보다 이젠 초행이 아니라 그랬다. 적어도 어디가 위험 포인트인지는 알게 되었으니까. 아침에 미끄러졌던 곳을 지나는데 거대한 화물트럭이 한쪽 길을 비스듬히 막고 서 있다. 산을 넘어오던 트럭이 운전석 부분이 기역자로 꺾인 채 절벽 쪽으로 미끄러져 처박혀 있다. 다친 사람은 없어 보였지만 수습하려면 꽤 골치가 아플 듯했다. 언덕길을 오르내리는 다른 차들은 그 트럭 때문에 속도를 최대한 줄이고 줄줄이 옆으로 서행 중이다.

도착해보니 드디어 오후 3시. 스키장은 이제야 사람들로 붐볐다. 아침의 침체된 분위기와는 사뭇 다르다. 여기저기 조명이 번쩍거리고 스키복을 입은 사람들의 열기가 느껴진다. '북미 지역 최대 야간 스키장이라고 선전하는 이유가 이거였구나' 생각했다. 그런 곳에 아침 일찍 왔으니.

그런데 우린 망했다. 주차장 직원은 여기저기 전화를 해보더니 눈썰매장은 오늘 열지 않는다고 말했다. 아이들이 아직 학교를 다니는 시기라 주말에만 연다는 것이다. 아니 그러면 아까 점심 때 말해줬어야지! 적어도 홈페이지에는 적어뒀어야지! 이해가 가지 않았다. 전화 녹음 멘트는 여전히 자기 마음대로 개장 시간을 떠들고 있고, 제대로 알고 있는 직원도 없다. 이건 허술해도 너무 허술한 거 아닌가. 이것 때문에 하루를 모두 날린 우리 같은 사람들은 어쩌란 것인지(맥주는 잔뜩 샀지만).

만화의 한 장면처럼 영혼이 콧구멍으로 빠져나간 듯 기운이 빠진 우리는 잠시 허탈해하며 한바탕 스키장 욕을 했다. 그리고 스키를 탈 수는 없으니 한시라도 빨리 집에 돌아가기로 했다. 조금 뒤 오후 4시 반이면 해가 넘어간다. 그러면 정말 집에 돌아가지 못할 수도 있다. 흥겹고 화려하게 불을 밝힌 스키장을 뒤로하고, 차를 몰아 주차장을 빠져나가려던 아내가 갑자기 브레이크를 밟았다. 그러고는,

"그냥 이렇게 갈 순 없어!"

불안한 목소리로 내가 물었다.

"그럼 어쩔 건데, 스키라도 타게?"

"일단 내리자."

아내와 은서는 순식간에 차에서 내렸다. 그러곤 트렁크를 열어 두꺼운 코트를 꺼내 입기 시작했다. 나는 점퍼를 조수석에 둔 채로 못 이기는 척 차에서 내렸다. 날씨가 꽤 추웠다. 코트를 입은 은서가 갑자기 '쾅' 하고 트렁크를 닫았다.

"으악, 내 키!"

퓌랜의 설경은 SW에 있는 케이블카로도
충분히 즐길수 있다.

아내가 소리치고,

"헉, 어떡하지?"

딸도 놀란다.

아내는 트렁크 안에 두었던 코트를 꺼내 입으며 차키를 잠시 트렁크 바닥에 내려놓았는데, 옷을 다 입은 은서가 무심코 트렁크를 닫고 말았다. 트렁크가 닫히자 차문은 모조리 자동으로 잠겼다. 우리 세 사람은 사색이 되어 서로를 바라보았다.

얇은 웃옷 하나만 입은 나는 나도 모르게 소리를 질렀다.

"그걸 그냥 닫으면 어떡해!"

하루 종일 참았던 짜증이 한순간에 터져 나왔다. 은서는 울먹이며 미안하다고 발을 동동 구르고, 아내는 트렁크를 붙잡고 어떻게든 열어보려고 낑낑댔다. 하지만 그게 그런다고 열릴 리가 있나. 정말 문제는 나였다. 점퍼도 입지 않은 나는 얇은 윗도리 하나만 걸친 채 달달 떨며 버럭버럭 화를 내고 있었다.

돌이켜 생각해보면 이보다 더 웃기는 코미디쇼 같은 상황이 있을까 싶지만, 당시로서는 드디어 불운의 바닥에 다다른 느낌이었다. 사람이 이러다 미치는구나 싶었다. 운이라고는 눈곱만치도 없는 상황. 아내는 휴대전화까지 차에 두고 내렸다. 다행히 은서는 가지고 있다. 은서 전화로 렌터카 회사를 검색해 전화를 걸었다. 난 더는 추위를 참지 못하고 화장실로 미끄러지듯 달려갔다. 거기 그대로 서 있을 수가 없었다. 춥고 배고프고 오줌 마렵고. 이 모든 상황에 화가 났다. 정말로 〈샤이닝〉의 잭 니컬슨Jack Nicholson처럼 광기가 폭발할 지경이었다. 그리고 마지막에는 그이처럼 꽁꽁 냉동이 될 판이었다. 그놈의 〈샤이닝〉.

화장실은 따뜻했다. 다시 차로 돌아가기 싫을 정도로 아늑하고 좋았다. 계속 있고 싶지만 용기를 내어 다시 차로 돌아갔는데, 누군가가 둘을 도와주고 있었다. 아까 눈썰매장이 오늘 안 열린다고 이야기해주었던 주차장 직원이다. 성격 좋아 보이는 그는 이런 일이 종종 생긴다며(정말?) 손수 만든 이상하게 생긴 도구를 가져와 그걸 창문 틈으로 넣어 낑낑거리고 있었다. 잠시 뒤, 거짓말처럼 차문이 열렸다. 그리고 트렁크도. 그는 멋진 미소를 남기고 우리의 눈물겨운 감사 인사를 뒤로한 채 유유히 사라졌다. 그의 머리 위에 링이 떠 있고 등 뒤에는 날개가 달려 있는 것만 같았다.

어색한 정적. 돌아오는 차 안에서 나는 창에 비친 내 모습을 바라보았다. 아까 이성을 잃고 화를 낸 게 창피했다. 나란 인간, 역시 최악이다. 위기의 순간에 밑바닥을 보인 것이다. 멀었다 인간이 되려면. 결국 집에 돌아와 싹싹 빌며 둘에게 사과를 하고 어찌 어찌 수습을 했다.

난 언제쯤 괜찮은 인간이 될 수 있을까. 어쩌면 마음이 참 쓸쓸해진다. 그건 그렇고 그 후로 매일같이 그 스키장에서 메일이 온다.

'스키와 눈썰매를 즐기러 후드 산으로 오세요!'

Portland

옴지에 가다

누구에게나 '그런' 장소가 있다. 그 도시에 갔으면 당연히 '거긴' 들렀겠지? 하고 누군가 물어볼 만한 곳, 하지만 가보지 않은 곳 말이다. 도시의 상징처럼 유명한 곳이라 누구나 가봤으리라 생각하지만, 막상 그곳에 사는 사람들의 흥미는 그다지 끌지 못하는 '그런' 곳. 이를테면 서울에선 남산타워 같은 곳이 그렇다. 서울을 홍보하는 이미지에는 언제나 빠짐없이 등장하지만 실상은 거대한 텔레비전 안테나일 뿐이다. 애써 올라가도 그저 서울의 지붕들 외에 과연 볼만한 게 있을지는 알 수 없다.

폴랜에도 그런 데가 꽤 있다. 아니, 솔직히 말하자면 폴랜 자체가 그렇다. 북미 서해안에서 '힙'하게 떠오른 도시인데 막상 이곳에 도착하면 그다지 꼭 봐야 한다거나 빠뜨리지 말고 갈 만한 곳이 거의 없다. 이를테면 이곳 관광홍보 이미지에 자주 나오는 케이블카는 어떨까. 그건 사실 산 위에 있는 종합병원으로 가는 교통수단이다. 병원 건물 칠층으로 곧장 연결되어 있다(고 한다. 아내와 은서만 가보았다). 저 월래밋 강의 유명한 다리들은? 꽤 멋지지만 굉장히 실용적인 다리일 뿐이다. 전쟁 때 폭파되었다든지 하는 그런 역사적인 이야기가 얽힌 다리도 없다. 오래되었지만 아직은 쓸 만한 도개교일 뿐. 그렇다면 유명한 〈킨포크Kinfolk〉 잡지 사무실에라도 갈 것인가? 폴랜 토박이들도 그 유명한 잡지를 모르는 경우가 대부분이라면 믿어지시는지. 생각해보면 폴랜은 정말로 작은 것들, 어쩌면 디테일로만 존재하는 곳인지도 모른다. 폴랜은 여러 가지 아름다운 것들을 가졌지만, 그런 것들은 소박하고 화려하지가 않다. 어쩌면 꼭 가야 할 장소 같은 게 없는, 그래서 모든 게 아름다운 소도시다.

하지만 여기에도 위에 쓴 '그런' 장소는 있다. 유명해서 당연히 가봤어야 할 것 같지만 안 가본 곳. 내게는 어린이 과학박물관 '옴지'가 그랬다. 심지어 옴지는 우리 집에서 똑바로 강을 가로질러서 보인다. 직선거리로 몇백 미터도 안 되는 거 같다. 밤이면 옴지의 빨간 간판 불빛이 우리 아파트에서 가장 잘 보인다. 달리

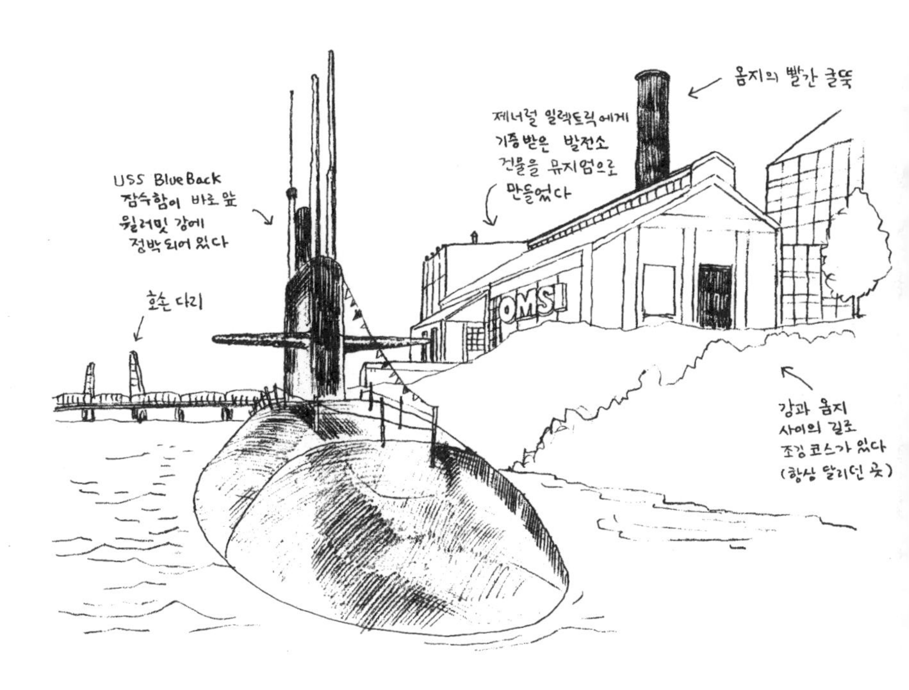

옴지의 빨간 굴뚝
제너럴 일렉트릭에게
기증받은 발전소
건물을 뮤지엄으로
만들었다
USS BlueBack
잠수함이 바로 앞
윌러밋 강에
정박되어 있다
호손 다리
OMSI
강과 옴지
사이의 길로
조깅 코스가 있다
(항상 달리던 곳)

기를 할 때도 옴지 앞쪽 강변 코스를 애용하니 이곳에 와서 적어도 수십 번은 옴지 앞을 지나다닌 셈이다. 게다가 과학관이다보니, 썰렁하고 심심한 서부의 밋밋한 건물들에 비해 굉장히 호기심을 자극하는 건축물이다. 그 앞 강변에는 제이차세계대전 때 사용하던 잠수함도 상설 정박되어 있다. 어쩌면 폴랜에서 가장 호기심을 자극하는 곳이 바로 옴지일 것이다.

사실 한번 들어가보고는 싶었다. 그런데도 그곳에 들어가지 않은 것은 어린이를 동반하지 않은 채 어린이 과학관을 갈 마땅한 이유를 찾지 못해서였다. 그런데 여기서 생활한 지 일 년도 더 지나 기회가 생겼다. 태평양 연안을 여행하던 동생 가족이 비가 끊임없이 내리던 2월에 폴랜에 들렀다. 사흘 정도 우리 집에 머물렀는데 그때 새삼 이곳에 특별히 볼만한 게 없다는 걸 깨닫게 되었다. 관광을 시켜주고 싶어도 그럴듯한 게 떠오르지 않았다. 짧은 일정에 비까지 내려서 더욱 난감했다. 날이 좋은 계절이면 강변이나 다운타운을 그저 걷기만 해도 상당히 좋다. 이곳은 그런 곳이니까. 그저 걷고 커피와 맥주를 마시고. 시간이 더 있다면 며칠이고 길을 쏘다니고 싶은 도시. 하지만 어린 초등학생 둘이 낀 가족을 데리고 갈 만한 곳은 정말 많지 않았다. 아마도 그들은 돌아가는 비행기 안에서 그랬을 거다.

"형님네는 비만 내리는 그런 시골에 뭐 하러 그렇게 오래 있는 걸까?"

중간에 기적적으로 잠깐 날이 갠 틈을 타 동생 가족들과 오리건 동물원Oregon Zoo엘 갔더랬다. 그런데 역시나 몇 주 만에 잠깐 구름 사이로 얼굴을 내민 해가 문제였다. 폴랜의 아이 있는 집들이 모조리 총 출동한 듯 동물원은 북적거렸다. 햇빛도 비실비실하고 가끔씩 빗방울이 떨어지는 쌀쌀한 날씨였지만, 다들 단 하루 비가 그친 것만으로도 마치 봄날이 온 것처럼 들떠서는 아직 겨울잠에서 덜 깬 동물들을 찾아 헤맸다.

다른 날에는 조카들을 데리고 예의 박물관 옴지에 갔다(그렇다. 그래서 가게 된 거다). 이곳도 만만치 않았는데 마침 레고 전시인 '아트 오브 브릭The Art of The Brick전'을 오픈하는 날이어서 인산인해였다. 레고는 역시나 어디에서나 인기라 박물관이 미어터질 지경이었다. 폴랜에 온 이후 실내에 그렇게 많은 사람이 모여 있는 건 처음 보았다. 우리도 당연히 옴지 자체보다는 레고 전시에 혼이 나가서는 정작 옴지의 상설전시는 절반도 보지 못하고 레고 전시만 힘겹게 보다 지쳐서 돌아왔다.

이래서는 옴지를 가봤다고 말하기 조금 곤란하다. 하지만 잠깐

이나마 체험한 옴지의 세계는 경이로웠다. 유명한 대도시라면 비교적 흔하게 있는 자연사박물관 등과는 확연히 다르게, 기계의 작동원리라던가 환경 등에 특화된 전시가 특히 좋았다. 다시 가게 되면 느긋하게 구경해보고 싶다.

폴랜 수집하기

이곳에서의 생활이 일 년을 훌쩍 넘으니 갈수록 늘어나는 짐 때문에 벌써부터 걱정이 이만저만이 아니다. 가벼운 마음으로 이곳에 왔을 때와는 달리 돌아갈 일을 생각하면 눈앞이 캄캄해진다. 처음에 먹었던 '최소한으로'라는 마음은 일 년 반 사이에 생활의 편의 속으로 사라졌다. 언제나 이건 이래서 저건 저래서 꼭 필요했다. 그렇게 생각 없이 물건들이 하나둘 늘더니 곧 주변에 수북이 쌓이기 시작했다. 시작은 책상이나 의자 같은 가구들이었고, 그다음으로는 자질구레한 물건들이 늘었다. 어쩌면 처음부터 최소한의 것들만 가지고 올 수밖에 없었던 게 가장 큰 화근이었다. 늘 쓰던 물건이 없으면 다시 사게 마련인 걸 미리 깨달지 못했다.

하지만 이 문제의 근원은 역시나 골치 아픈 수집벽이라고 하겠다. 생활에 그다지 필요해 보이지 않는 것들을 또다시 사 모으기 시작했던 거다. 하지만 뭐가 꼭 필요한 거고 뭐가 잉여인 물건일까. 그런 것은 과연 누가 정하는 것인가.

우리 집에 그런 기준이 없어 보이지만, 실은 있다. 나의 존경하는 아내가 보기에 필요 없고 쓸데없는 물건이라면, 그 말이 백 번 맞다. 무조건 옳은 말이다. 아내의 기준으로 보기에 내가 사 모으는 물건들의 대부분은 생활에 꼭 필요한 물건들이 '절대로' 아니다. 그래서 여기저기 다니며 눈에 띌 때마다 구입한 낡아빠진 음반과 책, 잡동사니 들이 방 한쪽 구석에 수북이 쌓이는 것을 보면 아내에게 무조건 미안해진다. 그럼에도 항상 수집하던 것들에 대한 관심을 거둘 수가 없다. 하긴 아내 말에 의하면 이건 일종의 병이니까.

자질구레한 물건들을 여러 경로로 모으다보니 생기는 문제들도 골치 아프다. 카세트테이프나 8트랙 테이프가 가장 그렇다. 오래된 물건이다보니 설명된 내용보다 상태가 안 좋을 때가 많다. 하지만 테이프가 늘어지거나 다른 문제가 있다 해도 항의할

곳이 마땅치 않다. 판 사람이 문제라 하기에는 세월이 워낙 오래 된 물건들이니 어쩔 수가 없다. 플레이어도 마찬가지다. 먼지가 풀풀 나는 낡아빠진 물건들이다보니 듣다가 테이프 속도가 안 맞을 때가 있다. 대부분 테이프를 돌리는 모터나 밴드에 문제가 있는데 몇 번 듣고 고장이 나도 고칠 수가 없다. 당연히 그제야 항의를 할 수도 없는 노릇이다. 그런 일을 당할 때마다 아내는 딱하다며 혀를 차지만 역시나 나의 후회와 자책은 그때뿐이다. 수집벽은 진정 두려움을 모른다.

모으는 것 중에 티셔츠도 빼놓을 수 없다. 그림이 그려진 티셔츠를 주로 모으는데 예쁘장한(물론 스스로 생각하기에) 그림이 그려진 티셔츠만 보면 온라인에서든 오프라인에서든 일단 장바구니에 넣어두는 병에 걸린 것 같다. 레트로 스타일의 낡은 빈티지 옷이라면 사족을 못 쓰는 아내도 내가 모은 낡은 면 티셔츠들을 대할 때면 몹시 당황스러워한다. 한번은 복고풍 그림이 그려진 티셔츠를 이베이에서 샀는데 받아보니 화면에서 본 것과 '영' 질이 달랐다. 옛날 이미지를 싸구려 프린트로 재연한 셔츠라 상태가 실망스러웠다. 운동할 때나 입어야겠다고 생각하고 얼마 전 달리기 할 때 입고 나갔다. 한참을 달리다 잠시 숨을 고르기 위해 걸으며 가슴팍을 내려다봤는데 가슴에 있는 그림이 조금 이상했다. 티셔츠의 그림이 땀에 번지기 시작했던 것이다.

'아니 도대체 누가 아직도 이따위로 인쇄하지? 지금은 21세기라고!'

빨간색으로 인쇄된 부분이 가슴 모양을 따라 핑크색으로 라인을 그리며 번져갔다. 당혹스러워진 나는 혹시 누가 볼까봐 고개를 들어 주변을 둘러봤다. 그러고는 다시 집을 향해 잽싸게 달리기 시작했다. 흰 티셔츠에 핑크색으로 번지는 그림 모양이 여간 신경에 거슬리는 게 아니었다. 달리는 와중에 그림이 번진 곳을 문질러도, 닦아도 봤지만 소용없었다. 나중에 그런 일이 있었다고 아내에게 말해주었더니 무척 고소해하며 배꼽을 잡았다. 참나.

늘어나는 짐들이 이렇게 볼품없는 것들이라는 점도 아내의 불만 중 하나다. 뭐 하나 제대로 된 물건이 없으니 조금 있으면 방안이 온통 쓰레기로 가득할지도 모르겠다. 그런데도 내겐 여전히 보물로 보이니 이것이야말로 진정 괴로운 업보라 하겠다.

그리고 계속

3월 중순이다. 서울에선 벌써 봄 냄새를 맡을 수 있다고 한다. 반면 이곳 미 동부에는 비행기가 뜨지 못할 정도로 폭설이 내렸다. 다행이라고 해야 할지 폴랜의 날씨는 매일매일 여전히 비. 그런데 작년과 조금은 다르다. 좀처럼 기온이 올라가지 않는다. 작년에는 이맘때 제법 따뜻했는데 이상하게 올해는 아직도 쌀쌀하기만 하다.

첫해 겨울에 비해 올 겨울에는 눈 내린 날도 많았다. 여러 사람에게서 몇십 년 만에 눈이 이만큼이나 쌓였다는 둥, 눈이 많이 오니 폴랜 같지가 않다는 둥 하는 소리를 들었다. 때문에 사고도 꽤 많아서 빙판으로 인한 교통사고도 많고, 나무가 쓰러지거나 나뭇

가지가 부러져서 길이 폐쇄된 곳도 여럿 있었다. 눈이 정말 많이 쌓여 그 무게를 못 이긴 것이겠지만 그래도 그렇지, 그 큰 나무들이 쓰러지거나 동강난 것을 보면 좀 망연자실한 느낌도 든다. 그토록 오래도록 꿋꿋이 서 있었을 나무들이 고작 눈 무게를 못 이겨 픽픽 쓰러지고 부러지다니.

그런 올 겨울의 가혹했던 날씨와는 상관없이 그제 은서가 혼자 여행을 떠났다. 대학시험을 보러 암스테르담행 비행기에 오른 것이다. 그곳에 있는 미술대학에 포트폴리오를 넣었는데 인터뷰와 시험 날짜를 받았다. 아직도 아기 같은 얼굴인 은서가 혼자 시험을 보러 떠났다니 이상한 기분이다. 아이가 크는 건 소리 없이 내려 쌓이는 눈 같다는 생각이 들었다. 우리의 딸이 이젠 마냥 곁에 둘 수만은 없을 만큼 커버린 것이다. 눈치 채지 못하는 사이에 시간은 자꾸만 흘러간다.

아내랑 이야기했다. '만약 이곳 폴랜에 오지 않았다면 은서를 그렇게 쉽게 혼자 여행 보낼 수 있었을까' 하고. 아닐 거라 생각했다. 은서는 이곳에 와서 더욱 독립적인 아이가 되었다. 모든 것을 혼자서 해결해야 한다는 걸 빠르게 터득해갔다. 외로움을 버텨내고 즐기는 법도 알게 되었다. 그리고 그림 그리는 걸 더욱 즐기며 좋아하게 되었다. 우리도 서서히 변해갔다. 그렇게 커가는 은서가 언젠가 떠나게 된다는 걸 점점 실감하고 현실을 인정하게 된 것이다.

이곳에 잠시 살면서 은서의 크는 모습을 좀 더 자세히 볼 수 있었다. 매일매일 함께 먹고 마시고 놀았다. 열심히 그림 그리며 책을 읽었다. 만약 우리가 서울에 그대로 계속 있었더라면 이처럼 서로에게 집중할 수 있었을지 모르겠다. 아마도 서로 간의 섬세한 변화들을 실감할 수는 없었으리라.

은서 혼자서 해결하는 일들이 많아지면서 은서가 독립된 인간이 되어가고 있음을 깨달았다. 예전 서울에서였다면 부모인 우리가 해결해주었을 일들을 묵묵히 혼자서 해결해갔다. 그리 된 건 아마도 이곳 청소년들의 삶의 방식이 그렇기 때문인 거 같다. 이곳에서는 은서 정도의 나이부터 다들 자기 일은 자기가 알아서 한다. 예전에 봤던 마블 영화의 대사가 생각났다.

'큰 힘에는 큰 책임이 따른다.'

슈퍼 히어로까지는 아니더라도 어른이 되기 위해선 어른처럼 생각하고 행동해야 한다. 은서는 그걸 서서히 깨달아가고 있다.

나는 이곳에서 무엇을 했나. 일하는 것으로 말하자면 나는 이곳에서도 계속 서울에서 하던 일들을 했다. 대부분 장기간 작업해야 하는 프로젝트라 아직도 끝이 보이지 않는 그런 일이다. 일을 꾸준히 할 수 있다는 건 확실히 좋지만, 한편으로 일은 그저 일일 뿐이라 지루하고 답답할 때도 있다. 하지만 장소가 바뀐 덕에 좀 더 여유롭게 일할 수 있었던 거 같다. 그런 종류의 여유는 사실 서울에선 거의 느껴볼 수 없는 것이다.

아내는 이곳에서도 여전히 우리 셋 중 제일 바쁘다. 잠시도 쉬는 걸 모르는 아내니까. 여러 어린이책 만드는 일로 바빴고 신문과 잡지에 글도 기고했다. 우리에게 밥도 해먹여야 했고, 취미생활도 해야 했다. 또한 여러 가지 관공서 일들을 도맡아 하느라 꽤나 고생했는데, 아무래도 영어 실력이 우리 셋 중 가장 좋기 때문이다.

아내는 이곳의 여유로움을 무척 좋아했다. 하지만 동시에 서울 집으로 돌아가고픈 마음도 만만치 않았다. 그건 아내가 우리 셋 중에서 가장 사회적이라 서울에 두고 온 친구도 많았기 때문이다. 그런 점에선 아내에게 조금 미안하다.

아직 서울의 집으로 돌아가는 날을 확실히 정하지 않았다. 아마 어느 날 우리 중 누군가가 "이제 돌아갈까?" 말하는 날이 올 것이다. 하지만 그게 언제일지는 모르겠다. 그때까진 좀 더 폴랜의 공기와 비를 즐길 생각이다.

에필로그

2017년 여름, 은서가 이 년 동안의 폴랜 생활을 뒤로하고 암스테르담으로 떠났다. 그곳에 있는 미술대학에서 대학생활을 시작하게 되었기 때문이다. 벌써 떠난 지 일주일이 넘었는데 아직도 그 애가 떠났다는 게 실감이 나지 않는다. 저쪽 방에서 은서가 짧은 단발머리를 찰랑거리며 내게 달려올 것만 같다. 아무래도 우리는 딸아이랑 너무 오랫동안 붙어 지낸 모양이다.

처음 며칠간은 정말로 멍한 상태였다. 생각보다 꽤 큰 상실감이었다. 뭔가 일을 하다가도 뭘 하고 있었는지 모르는 상태가 되어 멍하니 의자에 앉아 있곤 했다. 은서가 좋아하는 노래가 나오면 갑자기 허탈감이 밀려들어 우울해졌다. 영원히 만날 수 없는 사이가 된 것도 아니고 단지 몇 년 공부하러 갔을 뿐인데도 이런 기분이 든다는 게 부끄러웠다. 카프카도 금방이라도 그 애가 외출에서 돌아올 것이라 생각하는 듯, 은서 방에 홀로 앉아 있거나 현관 옆에 웅크리고 있곤 했다.

어쩌면 카프카와 내 생각이 정말로 틀렸을지도 모른다. 그 애는 공부를 위해 잠깐 떠난 게 아니다. 독립을 시작한 것이다. 앞으로는 단지 어리고 귀여운 딸도 아닐 거다. 아마도 전처럼 함께 살 수도 없을 것이다. 은서는 어른이 되어가는 중이고 이제 막 첫 날갯짓을 시작했다.

이삿짐을 따로 소포로 부칠 예정이었는데 요금이 만만치 않았다. 그 가격이면 차라리 둘 중 누군가 한 사람이 짐을 들고 따라가는 게 낫겠다고 생각했다. 그래서 둘 중 아내가 따라가기로 했다. 아내는 이제 막 집을 떠나는 아이와 함께 가는 걸 영 탐탁지 않아 했다. 아내는 그런 사람이다. 항상 감성적인 듯하지만 어쩔 땐 참 냉정하다. 부모로서 해야 할 바를 알고 있는 게다. 혼자서 날 수 있는 방법을 알려주는 물새의 어미처럼. 나와는 전혀 다르다. 난 아내보다 사사롭게 집착한다. 모든 면에서 그렇다. 하지만 이상하게 아내가 너무 감성적일 때 난 그 반대가 된다. 어쩌면 그렇게 서로 많이 달라서 우리는 잘 맞는지도 모른다. 기묘하다 할 정도로 서로 보완이 된다. 둘이 합쳐서 드디어 한 사람 구실을 해내는 것 같다. 은서는 그런 우릴 각각 절반씩 닮았다. 그럼에도 우리와는 완전히 다른 존재라는 게 신기하다. 점점 자라나는 은서를 볼 때마다 항상 그게 가장 신기했다. 닮았지만 전혀 다른 또 다른 존재의 탄생.

폴랜은 성인이 되어 떠나는 딸아이와의 추억이 담긴 마지막 장소가 되었다. 이곳은 그렇게 하기에 참 적당한 장소다. 우연히 발견한 미 서부의 작은 도시 폴랜. 우리는 이곳에서 이 년 동안 서로의 얼굴을 바라보며 하루하루 기쁘고 즐거운 날을 보냈다. 어쩌면 다시는 돌아오지 않을 소중한 시간이었다.

한 사람이 감당할 수 있는, 서로에게 온전히 충실할 수 있는 친구들의 숫자가 사실은 백 명도 넘지 않는다는 걸 어디선가 읽었다. 도시를 그에 비교하자면 이 도시의 느낌이 그랬다. 도시라고 하기에는 작은 마을 같은 폴랜은, 한 사람이 온전히 감당할 만한 크기의 도시다. 자전거를 타고 온 동네를 돌아다닐 수 있을 정도의 물리적인 크기. 이곳은 거대하고 알 수 없는 미로 같은 곳이 아니다. 말하자면 손바닥만 한 도시다. 우리가 알고 있는, 어디엔가 암흑이 존재할 것만 같은 어두운 미궁의 대도시가 아니라 자연스럽고 한가한 시골 마을 같은 곳이다.

이 작은 도시는 살고 있는 이로 하여금 스스로의 인생을 돌아보게 만들고 삶의 묘미를 즐기게 한다. 깊은 생각을 하게 하고 주변을 관찰하게 만든다. 도시에서 살면서 이런 기분이 든다는 게 신기하다. 작고 푸른 도시 폴랜. 신기하게도 시골처럼 소박하고 자연스러운데 도시의 쾌적함과 편리함도 있다.

얼마 전 개기일식이 있었다. 마치 그건 우리에게 폴랜에서의 마지막 이벤트 같았다. 개기일식은 이곳 사람들에게도 대단한 이벤트였다. 북미에서 개기일식을 관찰하는 건 구십구 년 만의 일이라고 한다. 이곳 오리건 주를 시작으로 북미를 사선으로 가로지르는데, 몇 주 전부터 개기일식이 있는 미국의 온 도시가 들썩였다. 모든 호텔방의 예약이 끝났고 개기일식용 안경은 모조리 품절되었다.

개기일식은 짧지만 강렬했다. 오전 10시가 조금 넘었을 뿐인데 땅거미가 지듯 세상이 서늘해졌다. 가로등의 센서들이 자동으로 불을 밝혔고 하늘을 날던 새들이 서둘러 나무 위로 내려앉았다. 야금야금 해를 먹던 달이 구십 퍼센트 이상 태양을 가렸다.

그리고 잘린 손톱 모양으로 남은 태양은 부지불식간에 스르륵 달을 타고 넘었다.

가로등이 전부 다시 꺼지고 새들도 다시 날아올랐다. 새로운 태양이 이 도시로 돌아왔다. 8월의 태양을 향한 우리의 얼굴이 다시 해를 받아 뜨거워지기 시작했다. 그리고 달은 그것을 삼킬 때와는 달리 아쉽다는 듯 더욱 느리게 태양으로부터 멀어졌다.

아내와 나, 고양이 카프카는 아침부터 집 베란다에 앉아 맥주를 홀짝거리며 그 개기일식을 지켜보았다. 조금은 호사스러운 기분이 들었다. 다만 이미 폴랜을 떠난 은서가 함께하지 못해 섭섭했다.

우린 태평양의 섬으로 떠나기로 했다. 그곳에서 일 년 정도 머물 예정이다. 그리고 그다음은,

모든 것엔 끝이 있다.
끝이 있으니 우린 즐기며 살 수 있다.
무엇을 하든 어디로 가든 우린.

폴랜, 무엇을 하든 어디로 가든 우린

1판 1쇄 인쇄 2017년 11월 24일 **1판 1쇄 발행** 2017년 12월 4일

지은이 이우일
펴낸이 고세규
편집 장선정 **디자인** 정지현

발행처 김영사
주소 경기도 파주시 문발로 197(문발동) 우편번호10881
등록 1979년 5월 17일(제406-2003-036호)
주문 및 문의 전화 031)955-3100 **팩스** 031)955-3111
편집부 전화 02)3668-3295 **팩스** 02)745-4827 **전자우편** literature@gimmyoung.com
비채 카페 cafe.naver.com/vichebooks **인스타그램** @drviche **카카오톡** @비채책
트위터 @vichebook **페이스북** www.facebook.com/vichebook
ISBN 978-89-349-7950-0 03810 책값은 뒤표지에 있습니다.

비채는 김영사의 문학 브랜드입니다.

이 도서의 국립중앙도서관 출판시도서목록(CIP)은 서지정보유통지원시스템 홈페이지(http://seoji.nl.go.kr)와 국가자료공동목록시스템(http://www.nl.go.kr/kolisnet)에서 이용하실 수 있습니다. (CIP제어번호: CIP2017028874)